青田鎮推理故事

尋找被詛咒的彩畫

翁裕庭㊮

教育部閱讀磐石獎得獎學校校長、兒童青少年閱讀推廣工作者、推理評論名家　強力推薦

一位沈默寡言的轉學生，卻接連偵破幾樁校園疑案，也扭轉同學觀感。整個故事聚焦校園人事物，讓人熟稔又親切，相信喜愛推理思考的讀者，一定會跟著緊湊的劇情，心情緊張和起伏，最後發現原來「真相藏在細節裡」，必有著豁然開朗的喜悅。博愛國小與有榮焉，搶鮮拜讀，真誠予以強力推薦！

——高雄市博愛國小校長　田建中

閱讀是一項長期的工程，絕對不是鍛鍊幾天，閱讀能力就會變好。訓練引導孩子觀察細節、邏輯思考、推理演繹的能力更是如此。就讓我們隨書中的沈揚，按著適當的線索去思考分析，嘗試解開謎團。推薦專為兒童而寫的「青田鎮推理

故事」第一、二輯《尋找被詛咒的彩畫》、《尋找傳說中的奇人》。

——新北市老梅國小校長　吳惠花

作者描述故事手法生動活潑，能夠帶領讀者彷彿身歷其境一般地融入整個推理故事情節，再輔以合理故事發展邏輯，並從相關事理、脈絡中建構完整推理，很有助於讀者從閱讀中輕鬆學習，是一本值得推薦閱讀的好書。

——彰化縣文德國小校長　李政穎

閱讀精彩的推理故事，是培養思考邏輯與觀察力、判斷力等等最好的心智挑戰。在細膩的畫面、生動的故事中，根據線索，重現真相，解開謎底，讓孩子和翁裕庭一起尋找冒險的樂趣和發現驚喜的愉悅吧！

——台北市士東國小校長　連世驊

觀察力需培養，推理力靠訓練！當每篇故事發展到高潮時，作者透過「推理大挑戰」，得以讓讀者反思每一場景與線索，而抽絲剝繭是培養「觀察力」及「思考力」的好方式。本書值得推薦兒童青少年閱讀，也適合親師生討論。

——台中市潭陽國小校長　陳世銘

推理小說令人著迷的地方，除了故布疑陣的劇情和情節來訓練邏輯思考外，還可以增加創造力和想像力。而「青田鎮推理故事」系列，作者利用學校背景為情境，不僅貼切讀者生活情境，其中「給讀者的推理大挑戰」正可滿足讀者閱讀欲望，自己就故事線索當偵探來解謎，再印證結果，頗有挑戰性和成就感。

——台南市紀安國小校長　陳雅君

因為是本土的創作，少了翻譯小說文字和文化的隔閡感，讀來更為流暢生動。角色刻畫鮮明，推理情節緊湊，孩子們應該會讀得欲罷不能！

——清華大學幼兒教育系副教授　周育如

一個心思縝密的轉學生，善於從日常生活細微之處，抽絲剝繭找尋真相。喜歡推理故事的同學，一起來破案吧！

——人氣親子部落客　陳安儀

「想要認識一個人，最好的方法不是聽他說了什麼，而是看他做了什麼。」故事開頭的一句話，為整部作品做了定調。敏銳的觀察、冷靜的判斷，我們都能擁有洞察局勢的偵探特質！一座純樸詭譎的青田小鎮，一群敏感複雜的青春少年，在一連串的事件鋪陳裡，從陌生開始建立關係，成為故事情感厚度的基礎。隨著作者層層抽絲剝繭，行進的不只情節，讀者也化身偵探，跌進懸疑裡。

——童書作家暨親子共讀推廣講師、思多力親子成長團隊暨網站召集人　陳櫻慧

這系列的書，一字一句彷彿磁粉，以強大的磁力，深深吸引著讀者。倒敘與順敘互陳的說故事手法，讓讀者親歷辦案的過程——時而撲朔迷離，霧裡看花；時而一閃一滅，透露曙光；時而深陷解連環套的困境；最後有破案過關的快感！故事中，穿插胖瘦二人組唱雙簧的詼諧，夾雜少年少女迷濛的情意，讓科學理性十足的校園偵探小說更添青春笑聲！

——新北市書香文化推廣協會理事長　蔡幸珍

神祕的小鎮、謎樣的少年、貼近生活的怪事奇案……翁裕庭的「青田鎮推理故事」系列將推理小說最福爾摩斯的解謎趣味，與一群心思多變又精力旺盛的孩子結合在一塊，還加入心理懸疑氣氛與活潑鮮明的影像感，實在是有意思極了！

——推理評論人　冬陽

真開心看到黃羅（翁裕庭）願意投入少兒推理的寫作行列，而且不但有「向讀者挑戰」，也讓我們極富臨場感地進入中學生的日常生活、和他們喜怒相共。而最高興的為「這是系列！這是系列！這是系列！」不會再為沒有下一本而發愁了！謝謝黃羅。

——推理評論家　張東君

目錄

〈人物介紹〉

重要人物：

沈揚：青田國中8C的轉學生，與媽媽從大城市T城搬到青田鎮。個性內向，沉穩寡言，體貼家人。常陷入沉思，不說話的時候，給人有點「臭屁」的印象。善於觀察與推理，是個「小福爾摩斯」。

田欣：8C的班長，冰雪聰明，有「冷面判官」的稱號。聲音清澈，善於談判，並有大將之風，深得班級導師與同學的信任。

盧振東：有一雙瞇瞇眼，綽號「小瞇」，個性隨和、機靈，能言善道。他像個情報人員，經常提供沈揚訊息，也像是「小華生」。

劉剛健：身高一八〇公分，高大粗獷，個性急躁剛烈，直來直往，重義氣。

費文翔與石金受：胖瘦二人組，一天到晚愛鬥嘴說笑，孟不離焦，焦不離孟。兩人都喜歡玩電玩，費文翔是電玩達人。

楊慕秀：沈揚的媽媽，帶著沈揚從T城搬到青田鎮。

杜夢卿：8C導師，也是棒球隊的指導老師。

宋銘凱：青田分局的小隊長。

趙德柱：青田國中生活教育組組長。

其他人物：

棒球隊隊員：陳賓（第一棒，游擊手）、李國興（第二棒，右外野手）、王瑜仁（第三棒，二壘手）、謝銀龍（第四棒，現任隊長）、伍召祥（三壘手）、林書勝（投手）、徐御城（九年級，上任隊長），方文清、鄭志傑、高寶翔（三人為候補選手）。

葛瑞民：校刊社記者。

高教授：高楠斌，現年五十八歲，原為青田國中教師，十年前已退休。

李管家：高教授家的管家。

費爺爺：約七十歲，費文翔的爺爺。
彭紹宜：「寶筑文化」的主編，三十出頭，身材嬌小。
巫紀綱：四十歲左右，「天祥設計」的建築師。
殷秦：身材瘦長，大概四十歲出頭，青田房屋仲介。

第一個故事

尋找破舊的手套

1

好多雙眼睛看著他。

迅速一瞥，直覺告訴自己，台下約莫有三十雙眼睛正盯著他看。

一比三十。懸殊的比數。

他偷瞄了窗外一眼。外面那幾棵樹枝葉茂盛，一眼望去綠油油一片。戶外平靜無風，有隻麻雀飛掠而過。但他不是麻雀，逃不了，也不能轉移視線太久。如果每道目光都像飛箭般投射過來，那他大概已經遍體鱗傷了。

他不喜歡成為眾人目光的焦點，如果可以的話，他希望能越低調越好，最好不要引起任何人的注意，但這是轉學生避不掉的局面：孤身一人站在講台上，沒有夥伴，誰也不認識，彷彿赤裸裸地曝露在大家面前，這種滋味他現在終於嚐到了。

他屏氣凝神，強迫自己正眼看著大家。台下的同學們有人的眼神呆滯，有人帶著敵意，有的像是在幸災樂禍看好戲，幸好大部分的眼神只是流露出好奇的意味。

「新同學可能有點害羞。我們給他拍拍手，鼓勵一下。」

從右側響起的聲音，簡直有如當頭棒喝，一語驚醒了夢中人。對了，班導還站在他的右邊，等著他向全班同學自我介紹。糟糕，老毛病又犯了。他恍神了多久？五秒鐘？還是五分鐘？全場響起零零落落的掌聲。他視線往下移動，鎖定台下某道柔和的目光，視線掠過鼻梁，停留在輪廓極其明顯的人中上面，然後開口講話。

「我叫做沈揚，剛從T市搬到這裡來。請大家多多指教。」

台下有人暗地交談，有人噗哧一笑，但也有人繼續目光呆滯……可惡，腦袋裡只能搬出這麼老套的台詞。剛才講那句話時有破聲嗎？他覺得臉頰好像有點發燙。

「我知道為什麼有同學會笑，」班導說道：「這個名字聽起來有點耳熟，像個地名對吧？沈揚同學，請你再進一步介紹自己，越詳細越好。」

他想了一下才開口，「我姓沈，沈括的沈；單名揚，揚州的揚。」

台下更是議論紛紛。

「沈括是什麼？揚州又是啥？」

「你這個笨蛋，沈瓜就是一種可以吃的瓜！」

「是嗎？那揚州就是一種可以喝的粥？」

「嗯……應該是吧。」

問話的是個瘦子，回話的是個胖子。

「你們倆的腦袋到底裝了什麼東西？怎麼都是一些可以吃下肚的食物。」

現在加入了第三方的討論。這人不胖也不瘦，不高也不矮，唯一特徵是有雙瞇瞇眼。

「不然是什麼？你來說說看。」

「沈括就是……就是……」

「我看你才是笨蛋。我們倆的腦袋至少還裝了東西，你的腦袋卻空空如也，連個屁也想不出來。」

「沒錯沒錯，民以吃為天。至少我們腦袋裡裝了吃的東西，這可是很重要的啊，哈哈哈。」

原本對罵的兩人突然聯合陣線，一起對付共同的敵人。這時有個女生插嘴。她的聲音聽起來很清澈，猶如寧靜無波的湖水。

「是『民以食為天』才對，不是吃為天。」

「還不是一樣。『食』跟『吃』意思差不多，只差一個字嘛。」胖子說道。

「是嗎？」瘦子突然窩裡反，「你會說『給我食物吃』，還是『給我吃物食』？這兩句話聽起來差多了。」

「沒錯，」瞇瞇眼也插話了，「你要指責一個笨蛋『白痴』，卻罵成『白食』，人家聽得懂嗎？到底是罵人腦袋裝糨糊，還是罵人吃東西不付錢？」

「喂，白痴的『痴』跟吃東西的『吃』是同音不同字。」

「那又怎樣？反正就是差很多！」

真是一團混亂。有個女生小小聲地說：「男生真是幼稚。」

掌聲依然七零八落。班導很努力地做球給他，但同學們的反應平淡，沈揚自己也不領情。這位女老師名叫杜夢卿，頂多大他十來歲，應該才步出大學校門沒幾年，一百五十幾公分的身高顯得十分嬌小，班上好幾個同學都已經高她半個頭了。她有一張娃娃臉和蓬鬆的鬈髮，雖然戴著黑框眼鏡，卻遮掩不了亮晶晶的燦爛眼神，嘴角的笑意像是在說：「你們都是我的寶貝學生哦。」偏偏沈揚最怕的就是這種熱血的「至聖『鮮』師」。

「想要認識一個人，最好的方法不是聽他說了什麼，而是看他做了什麼。」

話才剛說出口，沈揚馬上就後悔了。明明不想引起注意，卻總是招來麻煩。教室裡原本輕鬆夾雜著慵懶的氛圍立刻凍結，他彷彿聽到水分子凝固成冰滴叮叮咚咚掉一地。連班導璀璨的笑容也尷尬地僵在臉上。

「你以為你是誰，憑什麼跟我們說教！」

坐在最後一排的高個兒男生用力拍桌子，隨即站了起來。他留著小平頭，給人一種粗獷型男的感覺。

「什麼叫做『不是聽他說了什麼，而是看他做了什麼』，只會出一張嘴說大話，這算什麼？」

粗獷型男越說越激動。他的小平頭恰巧展現了怒髮衝冠的氣勢。

「劉剛健，這你就錯了，」瞇瞇眼又來打岔，「轉學生只講了他的名字，其餘的什麼也沒說，所以他並沒有說大話。」

「少廢話，小瞇，不關你的事。」

粗獷型男怒氣沖沖地走向瞇瞇眼。後者雖然個頭較為矮小，但也不甘示弱地站起來。

「劉剛健同學，請你回座位坐好。」

杜夢卿出面打圓場，只見她態度溫柔，聲音也怯生生的，根本壓不住陣腳。瞇瞇眼已經伸出雙拳擺好陣勢，準備迎戰。

「來啊，誰怕你。」

未料劉剛健繞過瞇瞇眼，逕自往講台走去。沈揚站在台上不為所動。兩人之間的距離逐漸縮短。

「劉剛健想動手打人。」

台下有女同學輕聲說道，一副見怪不怪的口氣。劉剛健走到講台前面，即便沈揚站在講台上，仍得抬頭看著這位高大的同學。

「劉剛健，別對號入座，」聲音清澈的女生再度發言：「不要把自己的情況，投射到別人身上。」

「可是……你聽他講話有多囂張……」

「你的事和他無關。」

沈揚覺得這女生的聲音不但清澈，而且堅定不容反駁。劉剛健表情一陣扭曲，隨後一轉身，咬牙切齒地走回座位。他的樣子就像是一拳揮出，來到中途卻得硬生生地收回，胸口自然有股鬱悶之氣。

「『不是聽他說了什麼，而是看他做了什麼』，這句話很有道理，」胖子嘲諷道：「人家一開口，他就乖乖回座位，看來是怕老婆的命啊。」

「你還是擔心你自己吧，」瘦子接口說：「瞧你做的好事，看來以後只會更胖，恐怕娶不到老婆囉。」

「你這烏鴉嘴，我只是骨架比較大而已……」

胖瘦二人組又開始鬥嘴，杜夢卿趕緊打斷他們。

「我們要謝謝沈揚同學，讓我們大家上了寶貴的一課，知道沈括是一位偉大的北宋科學家……」

「而不是一種瓜……」

有同學很小聲地吐槽，有人暗地裡偷笑。

「沈揚同學，你可以回座位了。你的座位就安排在……」

沈揚步下講台，心裡慶幸終於告一段落，總算可以坐下來了。哪知事與願違，又有新的狀況發生。

「老師，有人在棒球社打架！」

教室門口傳來喊叫聲。這位通報的學生喘得上氣不接下氣，情況顯然相當緊急。杜夢卿當場愣住。

「打架？為什麼會打起來？」

「好像是陳賓的手套不見了。他說有人搶了他的手套，然後一言不合就打了起來。」

「有多少人打架？」

「大概有三、四個人吧，」通報者想了一下，「方叔叫我趕快過來跟你報告。」

杜夢卿頓時不知所措，她雙手緊握，不斷絞動手指。

「怎麼辦？」她喃喃自語。

「班導不趕快過去看看？」胖子同學說：「你不是棒球社的指導老師嗎？」

啊？班導是棒球社的指導老師，沈揚頗感意外。杜夢卿看著胖子，好像很不情願地點點頭，她突然轉頭看了「清澈女聲」一眼。

「好，我們走。」

杜夢卿和通報的同學快步離開教室。他們倆一走，班上開始有人起鬨。

「我們也去吧，有好戲可看囉。」

「出去散散心也好，今天早上好無聊哦。」

「對啊，反正才開學第一天。」

起初只有三、四個同學離去，接著有人抱著湊熱鬧的心態跟了出去，結果陸陸續續有二十幾位同學離開了教室。「清澈女聲」也在離開教室的眾人之中。留下沈揚站也不是，坐也不是，他還不曉得自己的座位在哪裡，劉剛健又像門神一樣站在教室後面盯著他看。既然沒得坐，那就走吧。他走出教室，正想踏上樓梯往頂樓走，瞇瞇眼便靠過來搭訕。

「你是什麼星座？」

「問這幹嘛？」

「想知道什麼星座會是掃把星。」

「什麼意思？」

瞇瞇眼繞著他走一圈，然後上下打量他。

「你才來第一天，走進教室還不到一個鐘頭，就起了這麼多衝突。你說你不是掃把星是什麼？」

「我什麼事也沒做。」

「什麼都沒做就能引起紛爭，這才是最高境界啊，」瞇瞇眼拍拍沈揚的肩膀說：「如果你不是掃把星，那我只能說，你的毛病在於講的話雖然不多，卻擺出一副懂很多的樣子……總之，拜你所賜，今天早上真是多事之秋……咦，『多事之秋』這四個字我沒用錯吧？」

瞇瞇眼自以為抖了個包袱，哈哈一笑，轉身快跑離去。沈揚只能苦笑。今天是八月三十一日，天氣雖然炎熱，但按理說算是秋天，所以「多事之秋」這個成語用對了。

從沈揚的角度來看，瞇瞇眼說的不算有錯，但有件事他完全說錯了：沈揚不認為自己是掃把星。剛才發生的衝突全都與他無關。他不想惹事生非，也沒有惹麻煩。他甚至不想轉學到這裡。

可是這一切，他都作不了主。

2

本來是想上頂樓，結果卻莫名其妙跟著大家往棒球場移動。

天空一片蔚藍，點綴著幾朵白雲。動也不動的白雲有如黏在藍色板上的小塊棉絮，看起來好不真實。

來到戶外，心情沒那麼緊繃了，但沈揚還不太習慣這裡的環境。Ｔ市到處都是高樓大廈，天空若不是被遮掉一大片，就是得在樓層的夾縫中求生存。搬到鄉下，天空遼闊無垠，沈揚不太適應自己的視線找不到焦點。

他邊走邊張望，突然意識到自己在尋找什麼目標：風箏。以前住在Ｔ市時，他老是想像放風箏的景象。線越放越長，風箏越飛越高，在天空中毫無阻礙，彷彿可以飛到世界的另一端。如今他來到一個適合放風箏的小鎮，天上卻不見飛行物。正如同有寬大的畫布，卻少了畫筆來揮灑一般。

今日風定天晴。沈揚心想，或許起風的時候，就會有人放風箏吧。

這所青田國中的校區不算大，呈ㄇ字型建築的教室只有三層樓高，第四邊正好被校門口和教職員辦公室給填滿。沈揚念的班級是8C，位居ㄇ字型那一橫槓的三樓教室。一群8C的學生下了樓梯，往校門口的反方向前進。放眼望去，果然有塊空地，那裡應該就是棒球場。

走到近處一看，道路的一邊是棒球場，另一邊是棟兩層樓的小平房，依稀可聽到裡面傳來叫罵聲。一樓有扇門和架設鐵條的小窗，二樓有個小陽台。此刻一樓的大門關閉，門口站著一個四十出頭的中年人，身上穿著麻質衣褲。他一見到杜夢卿，立刻湊上前來。

「杜老師，您來啦，」他畢恭畢敬地說：「為了保留現場的原貌，我一直守在門口。」

「好的，辛苦你了。現在的情況怎樣？」

「裡頭有四個人。主要的鬧事者是陳賓，他說他的棒球手套被搶走了，而且他認為搶他手套的人就在社團辦公室裡面。」

杜夢卿一馬當先，推開大門走了進去，其他人也爭先恐後湧入。大夥兒一看，全都傻眼了。一樓右側是通往二樓的樓梯，有個人被困在階梯上進退兩難，因為他身上唯一的浴巾被人拉住了。而用右手拉人浴巾的這位同學可厲害了，他站在那裡，左手還拿著掃把與另一個手持拖把的同學對打，鏗鏗鏘鏘打下來，每一次出招對手都巧妙地接住了，兩人默契之好猶如雜技團的表演，真讓人有鼓掌叫好的衝動。

然而最令人讚嘆的是，這位同學的右腳還不得閒，正踩著地上一個紫色背包，這個背包的另一端也有人用雙手緊緊抓著，拚了老命想把它搶回去。

沈揚覺得這一幕好像是電影場景一般。站在正中央的同學像是以一打三的武林高手，他蹲著馬步，右手出拳，左手使劍，再加上此起彼落的喊叫聲，「把手放開」、「手套還來」、「別踩我包包」……這不是功夫片是什麼？

「你們四個別鬧了，通通停下來！」杜夢卿喊道。

「老師，陳賓瘋了，他一直拉著我的浴巾不放。」

「你先把我的手套還來！」

「就跟你說我沒拿！」

「我也沒拿。你聽不懂人話是不是。」拿拖把的傢伙邊打邊說。

「也跟我無關，」想奪回背包的同學叫道：「我的包包快被你踩壞了。」

「我不管，絕對是你們其中一個！」

「這樣吧，我喊到三，大家一起放手。」

杜夢卿這一招還是沒用，四人依然僵持不下。她回頭看著站在門口的中年男子。

「方叔，有沒有辦法？」

中年男子雙手一攤，一副無可奈何的表情。

依沈揚之見，這四人互相牽制，只要有一人失去平衡，便可打破僵局。

問題是，這個人會是誰？

說時遲那時快，僵持不下的情勢立即起了變化。以一擋三的同學腳一滑，整個人往後摔倒，紫色背包隨即被對方奪回；他的左手順勢一揮，掃把啪地砸在拖把男頭上，當場把他KO倒地；同時間他的右手用力一拉，把浴巾扯了下來，只見那位一絲不掛的男生當場愣住。

「哇！」在場的女生花容失色地大聲尖叫。「沒穿衣服！變態！」

裸男同學愣了三秒鐘，才意識到自己這輩子的清白全毀了。他一邊大叫一邊捂著身體跑上樓。

「先是露鳥，然後改露屁股。」

「小興，別擔心，我們什麼都沒看到。」

「因為根本沒啥好看……」

一群男生幸災樂禍地哈哈大笑。沈揚心想，這是在唱哪齣戲啊？怎麼功夫片一下子變成了鬧劇。

3

彷彿是中場休息過後，所有人聚集於一樓大廳，並且各據一方。

杜夢卿站在居中的位置，身為學校工友的方叔站在她左後方。鬧事的球員分居兩側：宣稱手套被搶的陳賓站在杜夢卿的右前方，另外三位背包被踩、腦袋被敲、浴巾被扯的苦主與陳賓相對而立。剩下的同學在門口一字排開，等著看好戲上演。

沈揚混在人群中，心裡暗忖：戲碼又改了，這一回變成了法庭戲。卡司包括法官、原告、三名被告，以及前來旁聽的民眾，只差大家沒把椅子拉過來坐罷了。

「陳賓，你為什麼對隊友動粗？」杜法官說了開場白。

「老師，他們搶走我的棒球手套。」原告陳賓答道。

「老師，我沒有！」三名被告不約而同地喊冤。

「老師，不管怎麼樣，一定是他們其中一個幹的。」

「亂講！」、「別誣賴我！」、「誰要搶你的爛手套！」……三名嫌犯七嘴八舌地抗辯。

「你有證據嗎？」杜夢卿再問。

「我沒有，」陳賓理直氣壯地說：「但我可以肯定絕對是他們其中一人。」

「沒有證據，就不能一口咬定，這樣做是不對的。」

「但是我的手套真的被搶走了。如果不是他們，那還有誰？」

「有可能是其他人。既然沒有證據，就不可以鎖定某個對象。」

這樣的問話根本是在原地踏步，一點進展也沒有。沈揚心裡這麼想著，隨即聽見「清澈女聲」發問了。

「陳賓同學，你的手套如何被搶，把事發經過說給老師聽。」

「有人從我背後敲我的頭，然後就把手套搶走了。」

「你白目啊？怎麼沒轉身去看敲你頭的人是誰。」現場觀眾開始插嘴。

「我被敲昏了，哪有辦法立刻回頭看。」

「既然被敲昏了，你如何確定是他們其中一人幹的？」起鬨者再加一人。

「因為他們三個待在社辦裡面。」

「待在社辦就有嫌疑哦？」」、「不要隨便誣賴人！」」、「我對你的爛手套沒興趣！」三名被告也搶答了。這時「清澈女聲」單手舉高。

「夠了，」她停頓了一下，等現場安靜之後才說：「陳賓，你把事情的始末從頭到尾講清楚，越清楚越好。」

陳賓的敘事邏輯雜亂無章，讓人聽了一頭霧水，幸好有班長——就是那位「清澈女聲」，沈揚聽到旁邊同學稱呼她「班長」——適時提問，才讓事情的來龍去脈浮現出來。根據陳賓的敘述，再加上班長的歸納整理，棒球手套被搶的事發經過如下：

早晨的練球時間結束後，陳賓（游擊手）將手套收進藍色背包，從社辦走出來。走不到十步路，後腦勺突然被人用力一敲，他眼前一黑，當場倒地。在意識朦朧之際，他感覺到背後有人拉扯他的背包。他心一驚，猛然覺醒，雙手撐地抬頭一看，周遭沒有任何人影，接著就發現自己的背包拉鏈被拉開，裡面的手套已經不翼而飛。雖然他曾一度失去意識，但是他判斷這段時間最多不超過五秒鐘，所以他相信搶手套的人一定是躲進社辦。他立刻推開門，衝進社辦，看見伍召祥（三壘手）躺在角落的平台上。

「我的手套咧？」

「什麼手套？你在說什麼啊？」

「手套給我還來！」

陳賓飛身撲過去，和伍召祥扭打在一起，兩人各自抄起旁邊的掃把和拖把打了起來。就在這時候，陳賓瞥見對邊角落的長桌旁邊有人：坐在桌前的王瑜仁（二壘手）突然轉身，而且將手上的紫色背包藏到身後，行動鬼祟可疑。

「是你搶了我的手套！」陳賓有了另一個目標。

「我沒有……」

「手套給我還來！」

「我……我沒有……」

「還說沒有！手套明明藏在你背包裡面。」

「這不是……」

「還說不是！若不是做賊心虛，幹嘛藏起背包！」

「這是我的……」

陳賓轉向王瑜仁，伸手去抓紫色背包，王瑜仁卻不肯放手。兩人一拉一扯，背包突然掉落在地，其中一人蹲下來伸手撿，另一人則伸腳踩住背包。

兩人正處於拉鋸戰之時，李國興（右外野手）圍著浴巾走下樓。

「吵什麼鬼啊？」他愣了一下。「你們在幹嘛？」

混亂中，陳賓居然還瞪著李國興的浴巾看。

「你那裡面藏了什麼東西？」

「嘎？你說哪裡？」

「你身上那條浴巾。」

「浴巾？裡面沒藏東西啊。」

「沒藏東西？為什麼那裡鼓鼓的？快把手套給我還來，不然我就脫掉你的浴巾！」

聽到這裡，男生簡直笑翻了，女生更是大罵「噁心！無聊！」

結果就形成大家過來時的現場狀況：陳賓一個也不放過，他伸出右手去抓那條黃色浴巾，左手和右腳繼續對付原來的敵人。一比三，一場大亂鬥於是展開。

沈揚聽見有人耳語，「運動員就是運動神經細胞比較發達嘛。」

想想也是，此話確實不假。

4

法庭戲當然要有律師出場才行。

看來扮演辯護律師的人就是班長。

她引導原告說出供詞之後，接下來問到犯罪動機。

「陳賓，你可以懷疑你的隊友，但是你真的認為他們有合理動機要搶你的手套？」

「當然有，」陳賓指著已穿好衣服的李國興。「我奪走他第一棒開路先鋒的寶座，他一定很不爽，所以挾恨報復，搶走我的手套。」

「沒這回事，」李國興趕緊說道：「如果我把你當成競爭對手，就不會找你一起跑步了。」

「找我跑步？什麼時候？」

「你走出社辦的時候，我在二樓陽台叫你啊。」

「有嗎？我根本沒聽見。」陳賓一臉狐疑。

「你頭也不回地走了。我還以為你不想理我。」

接著，班長適時插入問話。

「然後呢？你就跑下樓敲他的頭？」

「怎麼可能嘛？」李國興忙著搖手，「我回二樓浴室沖澡去了。」

「你敲了他的頭，再回二樓浴室沖澡？」

「幹嘛一口咬定我，」李國興搖搖頭，「我跟他無冤無仇。」

「搶走手套，再衝進社辦的人不是你？」

「怎麼會是我？我剛才在浴室洗澡耶。你們不是都看……看到了嗎？」

又有男生在瞎起鬨，意有所指地說：「沒看到啊，今天連隻小鳥都沒看到。」

班長裝作沒聽見，指著伍召祥問說：「這個人有動機嗎？」

「當然有，」陳賓說：「他的守備能力很差，打到三壘的球有一半會漏接。如果有了我的手套，他的守備就會變好一百倍。」

「聽你在亂說，」伍召祥立刻反駁：「你的手套又破又舊，誰要用你的爛手套。」

「手套要越舊越好，才會像自己的皮膚一樣用起來順手。」

「胡扯！我有新手套可以用，幹嘛要搶你的。」

此時只見擔任辯護律師的班長大人單手舉高。

「伍召祥同學，案發當時，你人在什麼地方？做什麼事情？」

「我就躺在那裡睡覺。」伍召祥指著角落的平台。

「你穿著制服睡覺？」

「對啊。難不成你以為我跟小興一樣喜歡脫光光？」

「我哪有喜歡脫光光，」李國興出言反駁：「誰洗澡不是脫光光？」

男生們又是一陣訕笑。

「你睡覺也穿著球鞋？」班長問道。

「拜託，」伍召祥略為不滿地回答：「我只是瞇著眼閉目養神，又不是真的要睡覺，根本不用寬衣解帶還脫鞋子。」

「你有看到誰衝進來嗎？」

「我只看到這傢伙，」他指著陳賓說道：「像神經病一樣衝進來。」

班長沉思了一會兒。

「你有看到王瑜仁嗎？」

伍召祥閉起眼睛，在回憶中尋找答案。

「從我躺下來的角度，完全看不到那邊的桌子，」他睜開眼睛說：「不過老實說，我根本不曉得他練完球之後有留下來。」

聽到這裡，現場二十幾個人的目光全都射向王瑜仁。他緊抱著背包的模樣，實在令人覺得既可笑又可疑，連原本站在他旁邊的李國興、伍召祥二人也刻意站遠了些，彷彿怕被波及。

「你們幹嘛這樣看我，」王瑜仁說：「我練完球就待在這裡。我真的沒拿他的手套。」

「陳賓，你覺得呢？」班長問道：「這個人有動機嗎？」

陳賓遲疑了一會兒。

「本來我是不會懷疑王瑜仁，」他說道：「他練球認真，球技也很出色。不過，你們看他現在這個樣子……」

明眼人都看得出來王瑜仁的腳在抖，也聽得出他剛才的聲音帶著懼意。

「你的背包裡面放了什麼東西？」班長問道。

「是我私人的東西，與你們無關。」

「要證明你的清白，最好的辦法就是開誠布公，打開背包給大家看。」

「不行！」

王瑜仁腰一扭，背包往後一扯。有東西從他口袋裡掉出來。「鏗鏘！」一聲，落地的是一件扁長形硬物。

「剪刀！」

有人驚呼出聲。有人議論紛紛。有人開始下結論。

「你藏剪刀是要幹嘛？」

「人贓俱獲，這下子你可賴不掉了。」

「你該不會說，剪刀是用來修鼻毛的吧？」

「咦，說不定他是用來剔牙縫或挖耳垢咧。」

「人家才不像你牙縫那麼大，講話漏風。」

「你才講話漏風！」

「大家別吵了。現在應該打開王瑜仁的背包來檢查才對。」

又是一陣脣槍舌戰。原告陳賓沒發言，旁人倒是忙著給王瑜仁分派罪名。

「身上有剪刀，這件事不能和搶手套畫上等號。」班長一開口，現場逐漸安靜下來。「不過，王瑜仁同學，你現在的處境更加不妙了。」

王瑜仁雙腿一軟，頹然跪了下來，雙手仍緊抱著背包。

「拜託你們不要這樣，」他語帶嗚咽地說：「我真的沒有搶他的手套。」

「不要再聽他囉哩囉嗦了，直接把背包搶過來看就對了。」

有人慫恿道，但同時間也有人唱反調。

「萬一是陳賓搞錯呢？其實他是昏倒五分鐘，而不是五秒鐘呢？」

「如此一來，犯人早就逃之夭夭了。」

「有道理，難怪伍召祥沒看到有人衝進社辦。」

大家的目光又回到陳賓身上。

「我昏迷的時間應該只有幾秒鐘而已，可是……也許……」

已經冷靜下來的陳賓，對自己的供詞不再信誓旦旦。這時候，杜夢卿的左後方傳來清喉嚨的聲音。

「嗯嗯……」學校的工友方叔說道：「其實……我可能無意間目睹了搶劫的經過。」

「什麼？」

「方叔，你怎麼不早說？」

「對啊，你早點說，我們就不用在這裡乾耗時間了。」

方叔的一句話引起群情憤慨。沈揚心想，目擊證人總算登場了。

5

「各位同學請聽我說，」方叔上前兩步，苦笑著說：「我本來以為這只是單純的打架事件，請老師出面應該就可以解決了。哪知道情況好像有點複雜。」

沈揚一邊聆聽方叔的說詞，一邊在腦海勾勒這附近的地理環境。棒球隊社辦的大門外面，是一條筆直的碎石路橫在眼前，一頭通往教室，另一頭直達花圃，棒球場隔著路面與社辦相對。除非下大雨，否則方叔每天早上都會去整理花圃，做些澆水、鬆土之類的工作。今天早上也不例外。

「今天的天氣很好，」方叔說：「我帶著愉快的心情走到花圃。你們知道的，那些花兒就像我的孩子一樣，每天看著它們成長，真的很有成就感。當然啦，正如精力旺盛的調皮小孩一樣，有些花的枝葉會越來越長，不但侵入其他花種的領域，甚至延伸到花圃的小徑內，所以我花了點時間修剪過於茂盛的枝葉，然後到旁邊的涼亭坐下來稍做休息，把水壺裡的開水倒入塑膠杯喝了幾口潤潤喉。」

方叔停頓了一下。現場沒人亂放砲，依稀聽到吞口水的聲音。

「我正坐著休息，享受大自然的寧靜，欣賞美麗的花圃時，突然查覺到前方有些動靜。就在棒球隊社辦的門口前面，好像有人跌倒了，接著有個人影衝進社辦。」

「果然有人闖進社辦。」

「我就說嘛。」

「剛剛說陳賓搞錯的人是你吧？」

「亂講，我哪有？」

又是一陣的爭辯喧譁。

「你沒有馬上採取行動？」班長問道。

「我以為只是有人跌倒，另一個人進社辦尋求協助，況且過沒多久，那個倒在地上的人就爬起來跑進社辦。」

眾人又是七嘴八舌、議論紛紛。沈揚心念一動：如此一來，這豈不是一間——

「密室！」瞇瞇眼把沈揚心裡的念頭說出來。「這間社辦只有一扇門，過程中只有人進來，沒有人出去，而且還有目擊證人。嫌犯一定就在這裡！手套也一定在這裡！」

「給王瑜仁搜身！叫他把背包交出來！」有人喊道。

班長拍手制止。

「方叔，」她問道：「你有看清楚他們的長相嗎？」

「我眼力沒那麼好，」方叔嘆了口氣，「涼亭和社辦之間隔了一段距離，我只看見人影在動，完全分辨不出長相。」

「然後呢？」

「一開始我沒打算採取行動，我以為同學之間打打鬧鬧根本不算什麼。過了一會兒，我才覺得怪怪的，所以走出涼亭，沿著那條路走向社辦，然後在門口聽見了吵鬧聲。我打開門一看，發現這幾個同學為了手套被搶的事情起爭執。那時候剛好有位同學路過，我叫他趕快去找杜老師過來處理，我自己就原地留守，盡量維持現場的原貌。」

「方叔，謝謝你。你處理得很好。」杜夢卿說道。

「老師，我們到底要不要對王瑜仁進行搜身？」胖子問道。

「對啊，這是最快的辦法，」瘦子接著說道：「一翻兩瞪眼，馬上就可以知道結果。」

「不行，」杜夢卿回答：「我們不能這麼做。」

「為什麼？」好幾個人同時問。

「因為他只能算是嫌犯，並沒有被定罪，況且我們也不代表法治單位，自然無法定他的罪。如果我們硬要搜他的身，就等於侵犯了他的人權。」

「是喔，壞人也有人權。」

「還沒有定罪，就不能說是壞人，」老師義正詞嚴地說：「就像我抓你們考試作弊，如果沒有掌握證據，就不能加以處罰。」

「哦，如果要作弊，就一定要作得天衣無縫，絕對不能被老師逮到，對不對？」

「不是這個意思。作弊只是在打比方，我並不是在鼓勵你們作弊要作得天衣無縫。」

「那到底怎樣才對？」

沈揚暗自歎息，這已經是在雞同鴨講。

「既然不能濫用公權力，」班長打岔，再度導回正題，「那我們就不要針對個人，只對現場的公共領域進行搜查，看看能否找出手套的下落。」

「好主意！」

「我要幫忙搜查現場！」

「算我一份！」

眾人對於警察抓犯人的扮演遊戲躍躍欲試，沈揚卻不想淌渾水。看著同學們一窩蜂地湧上樓梯間，打算從二樓開始搜查，他反而意興闌珊地悄悄走出門。現在一樓只剩下抱著背包的王瑜仁，以及算是肩負看守責任的方叔。

站在門口，眼前是那條可容納兩輛車會車的碎石路。往右走，是回教室；向左行，是去花圃。

要走哪一邊呢？沈揚很想上三樓教室的頂樓去看一看，可是一旦往右走，某種程度上等於是跟班上同學劃清界線。他不介意當獨行俠，然而老媽曾經叮嚀過，剛到一個新的地方，不要擺出一副事不關己的模樣。其實對沈揚來說，走哪一邊都沒差，但他還是得做抉擇。

人生就是不斷地做抉擇。

比方說老媽決定搬來鄉下住，放棄了T市的工作，賣掉位於大城市的公寓，這也是做了一連串的抉擇。

儘管沈揚百般不願意搬到鄉下來，可是他沒有表示反對意見。不要說是激烈地堅決反對，就連消極地提出抗議都沒有。他知道母親做這個決定，自然有她的道理。

他心裡當然對母親突如其來的決定覺得奇怪，不過既然母親表示想換個居住環境，讓疲憊的身心獲得舒緩，他便接受了這個說詞。這也是他的一種抉擇。

有些時候，姑且讓直覺幫自己做抉擇吧。

直覺讓他的雙腿跨向左邊，往花圃的方向走。三分鐘過後，路邊那片約莫三十坪大的花圃令沈揚不禁讚嘆起來，旁邊還有一座小涼亭，四周種了幾棵樹，確實是遮陽避暑的好地方。

沈揚走入涼亭，沿著正中央的圓桌繞了半圈，然後一屁股往石頭椅凳坐下來。放眼望去，兩層樓高的社辦位於碎石路途中的右側，門口附近半個人也沒有，棒球場上也是空無一人。他想像有人在門前活動。從這個位置和角度的確只能看見人影，卻無法看清容貌。方叔的說法沒有問題。

沈揚東張西望，環顧四周，看來這位工友非常稱職，而且是個很棒的園丁，光是這座涼亭就收拾得很乾淨，石頭圓桌和椅凳上面完全沒有堆積雜物，地上也沒有落葉和垃圾，是沈揚目前見過最乾淨的涼亭。

他走出涼亭，進入花圃，沿著羊腸小徑行走。五顏六色的花朵爭妍鬥豔，煞是好看；沿途的枝葉修剪整齊，完全不會探到小徑來扎人手臂。這塊花圃簡直可用「賞心悅目」四個字來形容，而且它整齊乾淨的程度媲美旁邊的涼亭，看得出來是由同一個人所打理。

他停下腳步，彎腰看著一朵紫紅色的牽牛花，手才剛伸出去，背後突然響起喝止聲。

「不可以摘花！」

沈揚嚇了一跳，挺腰轉身一看，站在眼前的是剛才在教室對他拍桌叫罵的粗獷型男劉剛健。

6

「我沒有要摘花。」

「還說沒有。看你行蹤鬼祟，八成沒幹好事。」

「你才行蹤鬼祟，偷偷摸摸地跟在我後面幹嘛？對我有意思啊？」

沈揚話才剛說完，只見劉剛健突然面目猙獰地往前一跨，握拳用力一

揮。沈揚被迫往後一退，右腳踩進園圃，陷入一處鬆軟的土壤中，剛好頭一低，恰巧躲開這一擊。他立刻跳回到羊腸小徑上。

「你這麼粗魯蠻橫，是要不到電話號碼的哦。」

劉剛健被他的話氣得滿臉通紅，索性邁開步伐，出拳亂打一通。沈揚自知不敵，只好一直後退，因而誤踩了好幾處園圃的土壤。

「等一下。」

沈揚乾脆不逃了，他停下腳步，雙手舉高像是投降，也像要阻擋對方的攻擊。

「我們跟這塊花圃沒有仇，」他說道：「沒必要毀了美麗的景觀。」

「你這傢伙欠揍。誰叫你胡說八道。」

「我說了什麼？」

「你說我對你有……」

劉剛健還沒把話講完，沈揚就順著話頭接下去。

「對我有意思又怎樣？」他說道：「想必你一定對我很好奇，所以才會跟到這裡來。」

他略微停頓了一下。

「或者應該說，你對我以前住過的大城市感到好奇，所以才衝著我來。」

「錯了。我對大城市一點興趣也沒有。」

「是嗎？」沈揚問道：「『不是聽他說了什麼，而是看他做了什麼』這句話對你有什麼意義？為何引起你這麼大的反彈？」

「不關你的事。」

劉剛健像是洩了氣的皮球發呆了半晌，火氣也全消了。他走出花圃，跨入涼亭，望著遠方沉思。沈揚尾隨其後，站在旁邊稍遠處。

「我不喜歡沒有風的日子，」劉剛健在自言自語：「讓人覺得好像失去了動力，只能停滯不前，在原地踏步。」

「我也寧願天上有風，」沈揚說道：「就算原本是全壘打的球被吹回來，我也甘願。」

兩人互看一眼。一時間陷入沉默。

「為什麼搬到鄉下來？大城市混不下去？」

「這不關你的事。」

「你這個人真的一開口就惹人嫌。我是很認真在問你。」

氣氛鬧得有點僵。兩人又是默默無語。

「這事你得去問我媽。」沈揚終於說道。

「問你媽？」

「是我媽想搬來這裡住。」

「那你自己呢？」

沈揚聳聳肩。

「你沒表達過自己的意見？」

「說了大概也沒用，我們哪來的自主權？」

「我們已經升上國二，也算半個大人了。」

「在父母眼中，我們永遠都是小孩子。」

「聽你講話真的會很想揍人，」劉剛健啪地一掌打在涼亭的欄杆上，「為什麼總是那麼老氣橫秋？」

「我只不過是實話實說。」

噹噹噹……此時傳來了上課鐘響。

「算了。再說下去，我就真的非揍人不可。」

劉剛健走出涼亭，突然轉身。

「我會盯住你的，」他伸出食指往沈揚的方向比劃，「在被我們大家認同之前，你最好不要給我惹麻煩。」

沈揚兩手一攤，露出不置可否的表情。

「記住，不可以摘花。」

「放心，我不幹辣手摧花的事情。」

沈揚看著劉剛健漸行漸遠，最後走進棒球隊社辦。

他心想，法庭戲應該落幕了，大家現在也該回教室上課了吧。

他沿著碎石路走回去。來到疑似案發現場的兩層樓平房時，唯一的大門雖然緊閉，然而門縫和窗戶卻露了餡：從吵雜聲聽來，手套搶案似乎尚未擺平。

怎麼辦？繼續直行，還是右轉進社辦？路口所象徵的意義，通常是要人做出抉擇。

7

他轉開門把，室內悄然無聲。探頭一看，他發現床上有人躺著。儘管天氣炎熱，那人身上卻蓋著小毯子。

「媽，你沒事吧？」

「小揚，你回來啦，今天還順利嗎？」

床上的中年婦女坐了起來，揮手示意沈揚過來坐。

「是氣喘發作了嗎？」他問道。

「沒有，你別擔心，我今天的氣色看起來還算紅潤吧？」她面帶微笑地說。

沈揚的母親名叫楊慕秀，今年才剛過四十。由於臉型消瘦，身材纖細，再加上相貌清秀，而且留著一頭烏黑的長髮，所以常被人當作大學生。和沈揚一起出門時，有人還會誤認他們是一對姊弟而非母子。

「看起來還不錯。可是你為什麼躺在床上休息？現在才四點多。」

「打掃了一整天，突然覺得有點累，所以躺著休息一下，」她輕拍沈揚的手臂，「我真的沒事。鄉下地方空氣好多了，氣喘不會那麼容易發作。」

「那你也不用一個人打掃整間屋子，可以留些地方給我整理。」

楊慕秀摸摸沈揚的頭。

「我有留給你啊。」

「在哪裡？你把客廳和餐廳都整理好了。」

「你自己的房間啊。」

「房間本來就是我該整理的。我指的是所有家務事應該由我們倆共同分擔。」

「我明白了，以後一定會讓你包辦多一點家務事，好嗎？」接著，楊慕秀突然一臉正色地說：「小揚，我們臨時說搬就搬，一定帶給你很大的困擾，媽跟你說對不起。」

「沒關係啦，只是你很厲害耶，居然這麼快就找到房子。」

「網路上有租屋網啊。只要看到中意的房子，就請房仲出面交涉，我再把租金匯入房東的戶頭，這樣就沒問題了。」

「是喔，這麼簡單。」他停頓了一下。「你繼續休息吧，我去洗米。」

沈揚起身作勢離開，卻被楊慕秀拉住手腕。

「不用忙，今天不開伙了，反正是你開學第一天，我們到外頭吃飯慶祝。」

「沒什麼好慶祝啦。」

「當然有，」她口氣嚴肅，表情認真，「慶祝我們展開嶄新的人生。」

「你心裡面很期待嗎？」沈揚直視母親的眼睛。

「當然期待啊，」她笑咪咪地說：「期待出去吃館子，畢竟在家悶了一天……對了，你有沒有聽說鎮上有宵禁時間？」

「宵禁？為什麼？」

「你不知道？同學沒跟你說？」

沈揚搖搖頭。今天學校真是一團混亂，該交代的多半都沒交代。

「你……」她遲疑了一下，才問道：「昨晚睡得好嗎？」

「剛開始是有點睡不著，」他答道：「後來，就一覺到天明了。」

「有沒有聽到什麼聲音？」

「你的打呼聲嗎？沒有，房間的隔音效果還不錯。」

「臭小子，尋我開心。」

楊慕秀玩笑似地搥了沈揚一拳，然後輕輕握住他的手。

「告訴我今天在學校的情況。」

「還不就這樣，上課、下課，放學回家。」

「老師和同學好相處嗎？」

他本來想說「那個班很吵，大家一直互嗆個沒完」，嘴巴上卻說「他們精力充沛，一直在搶話講」。

「你們這個年紀不就這樣？總是有用不完的精力。況且，動口總比動手好吧。」

「反正我的個性比較慢熱，沒辦法一下子跟大家打成一片。」

「不過，你還是有參與其中吧？」

「什麼意思？」

「聽說你們牽扯到學校發生的某個事件。」

「算是有吧，」他欲言又止，「不是什麼大不了的事情。」

「可是我聽說事情還蠻嚴重的。不是有人被警察抓走了嗎？」

「聽誰說的？你不是在家悶了一天？」

「呃，」楊慕秀顯得有些慌亂。「我有出門一趟，買了一些日常生活用品。」

「哦，那人家怎麼說？」

「說你們學校發生搶案，警方去現場抓人。重點是，」她刻意停頓一下才說：「這個事件跟你們８Ｃ有關。」

「消息傳得這麼快。」他淡淡地回應。

「聽說你也被警方找去問話，」他母親說道：「小揚，我知道你很有主見，有些事你可以選擇不說，但我希望我們之間沒有祕密。」

沈揚低著頭沒回話，她母親接著往下說。

「我們兩個人算是相依為命。我知道你沒有說謊騙我的意思，但是該說的話還是要說出口，不然久而久之就會產生隔閡或誤會。」

沈揚抬起頭來。

「媽，我一直想問你，為什麼這麼急著搬家？我們有欠人家錢嗎？」

「沒有。」她的語氣有點錯愕。

「有得罪誰嗎？」

「也沒有。」

「那我就真的不懂了，」他說道：「如果只是為了調養身體，也不必像逃債一樣說搬就搬。」

「媽知道，你還來不及跟同學朋友說再見……」

「那是小事，朋友和同學可以用電話聯絡，我只是不喜歡這種偷偷摸摸的感覺。」

她點頭說道：「我也一直教你做人要正大光明。可是這次搬家的事，真的……」

「到底是為什麼？」

只見楊慕秀偏著頭，一臉為難的樣子。

「你剛才還說希望我們之間沒有祕密。」

「所謂的祕密，是指不可告人之事，我沒有不可告人的事，所以當然也沒有對你隱瞞什麼祕密，」她急忙解釋：「嚴格來說，有的只是苦衷。等到時機合適時，我會一五一十地告訴你。」

「媽，你的健康狀況是不是出了問題？」

「沒這回事，你想太多了。」

她試著安撫他。他卻一臉狐疑。

「這裡是不是有你認識的人？」

她一臉驚訝。

「媽，如果你是來找……初戀男友……之類的，我是沒意見啦，」沈揚說得支支吾吾：「爸早就不在了，你一個人辛辛苦苦地把我帶大，假如你想再婚，我舉雙手贊成。」

「你這孩子，說什麼傻話，」她眼眶泛著淚光：「我不是來找對象的，把你拉拔長大也從不覺得辛苦。搬來這裡的目的，主要是想要把身體調養好。不過我現在最想知道的事情，是你今天捲入了什麼樣的事件。」

「這件事……」沈揚抓了抓自己的耳垂，「說來話長。」

「走！我們出門吃飯去，今天的故事，我就聽你仔細道來。」

真巧，這句話他早上也聽另一個人講過，循循善誘的口氣還真是一模一樣。

給讀者的推理大挑戰

故事即將進入尾聲了。在推理小說的敘事結構中，尾聲就是所謂的「解答篇」。不管你是大朋友還是小朋友，感謝你選擇閱讀這本書，進而踏入存在於字裡行間的青田鎮，與書中主角沈揚一同在陌生的環境中探險，並試著為每一樁離奇的事件尋找解答。

無論是主角或配角，故事中的人物總是各司其職，有人負責動腦，有人只會出拳頭；有人專門講笑話，有人卻提供解謎的線索。在閱讀的過程中，你可以選擇自己要扮演的角色：是要開開心心地把故事讀完，或是善用你的腦細胞抽絲剝繭，以偵探的身分查出真相。相信我，只要想像力加上邏輯推理能力，你也可以成為名偵探，找到最後的答案。

在此要告訴各位，所有的線索全都呈現在你們面前了。既然沈揚可以破案，相信你們一定也可以。且讓想像力帶各位身歷其境，探訪每一個場景；請利用邏輯推理能力去推敲每一句證詞，因為：真相就藏在細節裡。

這是沈揚的初體驗，也是你的第一個案子。最後祝大家心想事成、旗開得勝！

8

他轉開社辦門把，立刻感覺到一股山雨欲來的氣氛，眾人的情緒已經積壓到臨界點。這時二十多位同學已經全都回到一樓大廳，現場人聲鼎沸，有人叫囂有人謾罵，還有人激動地討論著。唯二冷靜的人是班長和方叔。前者面無表情地杵在一旁，後者雙臂環抱胸前站在老師左後方。

「你不說，大家怎麼會知道你的苦衷。」

杜夢卿明明一臉著急，口氣卻還是平和溫柔，像在哄誘小孩一樣勸著王瑜仁。

「你說說看嘛，我就聽你仔細道來。」

「反正我沒有搶陳賓的手套就對了，」這時王瑜仁的態度轉為強硬，「我不會把背包交出來。」

「老師，你幹嘛袒護他？」

「除了他還有誰？不用跟他囉嗦了。」

「真相就藏在背包裡面！」

看來王瑜仁成了箭靶子，但……與我無關。沈揚這麼想著。

「你剛才跑去哪裡？」瞇瞇眼靠過來攀談。

「出去走走而已。」沈揚答道。

「再晚一步，你就會錯過精彩大結局。」

「結果一無所獲？」

「整棟平房都翻遍了，什麼都沒有。陳國興和伍召祥的私人物件也查過了。唯一的漏網之魚，就是王瑜仁的背包。」

唯一沒檢查過的背包，難怪大家都認定他就是犯人。

「我敢跟你打賭，不用三分鐘，就會有人上前搶他的背包。」

杜夢卿顯然是鎮壓不住這個場面，眼看情況就要失控。這時候，班長突然走出人群，站到王瑜仁前面。

「老師，報警吧。」她拿出手機說道。

「報警？」老師愣住了，似乎從未考慮過這個選項。「不行，這樣會把事情鬧大。」

「為了顧及人權，還是讓警方來處理吧。況且，上課鐘已經響了。」

「不可以，」老師堅持己見，「你們還未成年，萬一留下案底，往後的人生就麻煩了。」

「難道就這樣算了？搶東西的人不用受到懲罰嗎？」有人高聲問道。

現場鬧哄哄地一片混亂，眾人的情緒激動又浮躁。大家都不喜歡看沒有結局的電影，尤其是真相沒有大白的推理劇。沈揚彷彿已經預見接下來混亂的局面，他很好奇老師和班長能否力挽狂瀾，阻止暴動發生。

「陳賓，你非得找回那個破手套不可嗎？」胖子突然冒出這句話。

「對啊，」瘦子跟著附和，「再用也用不了多久。你就當作有人幫你拿去資源回收吧。」

沈揚實在是聽不下去了。他轉身走向門口，伸手觸及門把。

「你說什麼？」

陳賓氣呼呼地衝向前去，把瘦子撲倒在地，雙拳跟著往下掄。胖子卻突然縱身一躍，使出一招「千斤墜」壓在兩人身上。接著，就像開關被啟動似的，同學們前仆後繼地往前衝。於是，另一場大亂鬥開始了。

沈揚轉動門把。

「手套是我爸留給我的遺物，」在混亂中，陳賓聲嘶力竭地叫道：「看到手套，就等於看到我爸。怎麼可以丟掉！」

沈揚心念一動，身體隨即僵住，千頭萬緒湧上心來。父親……遺物……大雨……墜落……過去他選擇了遺忘，回憶因此變得斷斷續續模糊不清。如今又到了做選擇的時候。他深吸一口氣，放開門把，轉身走回去，如入無人之境似地一直走到暴動的中心位置。

「不要打了，我知道手套在哪裡。」他以懾人的氣魄說道。

宛若放映機被按下暫停鍵似的，大家全都停頓下來。明明前一秒還吵翻天，這句話卻清楚地傳入每個人耳裡。

「你知道我的手套在哪裡？」陳賓從人堆中露出一顆腦袋問道。

沈揚點點頭。

「你知道犯人是誰？」站在一邊的班長問道。

沈揚依然點頭。

「你可以破解密室之謎？」趴在「疊疊樂」最上方的瞇瞇眼問道。

沈揚居然搖頭。

看來，神探終於出場了，但這名偵探似乎是不太可靠的半吊子。

「嚴格來說，」沈揚說道，伸手把瞇瞇眼拉起來，「密室之謎根本不存在。現場會像密室案件，這是因為目擊者的證詞所造成的印象。」

在一個拉一個、互相協助的情況下，同學們連滾帶爬通通站起來了，連噸位驚人的胖子也被人攙扶起身。

「我的證詞有問題嗎？」方叔問道。

「基本上沒問題，」沈揚回答：「剛才我去過涼亭，從那邊的位置往社辦看，的確看不清楚人的五官。不過……」

「不過怎樣？」

「你真的看見兩個人先後進入社辦？」

「那當然。我騙你們幹嘛？」

「等一下，我們重頭來過。」沈揚停頓了一下。「根據你的證詞，你在花圃修剪過於茂盛的枝葉，然後到旁邊的涼亭坐下來稍做休息，把水壺裡的開水倒入塑膠杯喝了幾口潤喉。沒錯吧？」

「完全正確。」

「那我請問你，水壺和塑膠杯現在在哪裡？」

「應該在涼亭。」

「我剛剛在涼亭的石桌上沒看到水壺和塑膠杯。」

「可能放在椅凳上吧。」

「也沒有。」

「還是被風吹倒了。」

「不可能，」沈揚說道：「今天早上沒風。塑膠杯不會被吹倒，更別說水壺了。」

「那麼……」方叔搔著頭回憶，「我大概隨手放在某個地方。」

「你會不會記錯了？」沈揚問道：「涼亭打掃得很乾淨，地上連一張垃圾或一片落葉都沒有。如果你隨手放下水壺和塑膠杯，我一定會看到。」

「應該是你漏看了某個地方，」方叔很有把握地說：「絕對是在涼亭沒錯。」

「大錯特錯，」劉剛健突然插話：「我剛才也去過涼亭，根本沒看到水壺和塑膠杯。」

「沒關係，」沈揚心平氣和地說：「先不管這兩樣東西。我再請問你，剛才修剪下來的枝葉，你怎麼處理？」

「呃，」方叔遲疑了一下，「暫時集中到花圃的角落裡。」

「修剪工具呢？」

「也是一樣。」

沈揚搖搖頭，正要開口反駁，卻被劉剛健搶了先機。

「你騙人，」劉剛健怒道：「整片花圃收拾得有條不紊，四處都沒看到工具，也沒見到剪下來的枝葉被丟在一旁。」

「結論就是你在說謊，」沈揚接口說：「今天早上你並沒有去修剪枝葉，水壺和塑膠杯當然也不存在，你捏造這些東西，目的只是要掩飾你真正的行蹤。」

「真正的行蹤？他做了什麼事情？」杜夢卿問道。

「根據我的推論，起初方叔可能躲在社辦外面的暗處，陳賓出來之後，李國興在二樓陽台叫他，但是陳賓沒聽見。等李國興回室內之後，方叔就趁四下無人時溜出來敲昏陳賓，搶走他背包裡的手套，然後再躲回暗處。陳賓可能很快就甦醒了，他一看四下無人，馬上判斷搶他東西的人躲進了社辦，於是趕緊衝進去。這麼一來，就給了方叔布局的機會：他跑向花圃，把手套藏在翻鬆的土壤下面……」沈揚瞄了劉剛健一眼。「我剛才誤踩了好幾處花圃裡的土壤，其中有一區特別鬆軟，我一踩馬上就往下陷。如果我沒猜錯，手套應該就藏在那一區。」

「方叔，他說的是真的嗎？」杜夢卿不敢置信地說。

「絕對不是我。虧我平常這麼照顧你，你卻相信這個新來的轉學生？」方叔立刻反駁，卻難掩他越來越難看的臉色。

「事實勝於雄辯，去檢查涼亭旁的花圃就一清二楚了。」沈揚說道。

「方叔，你是個了不起的園丁，在你的細心照顧下，整片花圃幾乎零缺點。只可惜你一念之間的偏差，做了錯事。花圃不但無法為你護航，反而洩漏了你的底細，讓你從目擊證人變成了嫌疑犯。」沈揚伸手指向方叔，「很抱歉，我必須說，你就是真正的搶犯。」

方叔臉一垮，頹然坐倒在地。

「老師，你打算怎麼辦？」班長問道，手中拿著手機。

「報警吧。」

杜夢卿的這句話，為整個事件劃下了句點。

9

在警察到達之前，方叔始終坐在棒球隊的社辦裡面，任誰跟他講話也不搭理。他被帶走之後，還有兩、三名警察留下來做筆錄。在這個案子裡頭，犯人只有一名，目擊者卻多達二十幾人，結果花了不少時間。

沈揚也被警方詢問過，並且做了筆錄。警方聽聞就是他識破了謊言，在看似稀鬆平常的證詞中發現了破綻，不禁對他另眼相看，多問了幾句。

班上同學看待他的眼神也不一樣了。比方說那位瞇瞇眼同學，就很主動地示好搭訕。

「我叫做盧振東，大家都叫我『小瞇』，因為我有一雙迷人的瞇瞇眼。」他主動握住沈揚的手。「現在我們是朋友啦，我要提供你一個情報。」

「什麼情報？」

「雖然你似乎料事如神，但你可知道方叔為何要搶陳賓的手套？」

沈揚搖搖頭。

「我知道你不知道的事情，這表示我也不比你差。」盧振東哈哈一笑。

「方叔的兒子也在棒球隊，他是後補游擊手。如果陳賓沒了手套不能打球，方叔的兒子就有機會上場了。」

原來如此。沈揚心想，太陽底下果然沒有新鮮事，再怎麼撲朔迷離的事情，一旦說穿了都是有跡可循。他也明白凡事都有一體兩面，有人哭就有人笑，如今方叔的兒子在球隊大概很難混了，不過陳賓的位置卻坐得更穩當，據說校方已經承諾要提供他全新的手套。警方趕來之前，他一直坐在方叔附近，不知是在監視他，還是想要安慰他。總而言之，兩人最終還是沒有交談。倒是沈揚離開社辦時，陳賓走過來輕拍了沈揚的肩頭，豪氣干雲地說：「兄弟，謝了。」

這表示他又多了一個朋友吧。

一整天下來，杜夢卿忙得團團轉。她在8C班上的課也交由別的老師來代課。身為8C班導和棒球隊指導老師，杜夢卿不但要跟警方解釋案情，還得向校方報告整件事的來龍去脈與後續處置。經由這個事件，沈揚對她的印象有所改觀：儘管她仍是溝通能力有待加強的「至聖『鮮』師」，然而，她能適時保護學生，在最後也沒有想要息事寧人把醜聞壓下來。做錯事就該受到處分，決定報警的她做了正確示範。

放學前的三十分鐘，杜夢卿回到教室來，跟同學們簡略說明了後續發展：警方在花圃的土壤下面挖出手套。雖然校方最後決定開除方叔，但陳賓家屬無意控告他，檢方可能也不予起訴。這個事件就此落幕。

「請問老師，王瑜仁的背包裡究竟藏了什麼東西？」有同學提問。

「我不知道，」杜夢卿回答：「可以確定的是，絕對和本案無關。」

「老師，你不好奇嗎？」

「對事實沒有幫助的好奇心，不如收起來吧。」

沈揚聽到有人小聲交談，「不知道答案，我會睡不著覺。」「對啊，早知道就不管三七二十一給他搶過來看。」……他心想，世界上就是有這種人，只想滿足私欲，卻不在乎他人感受。可是，那他自己呢？他不想插手管別人的事情，這也算是一種自私的行為嗎？沉思之中，他突然聽到有人喊他名字。

「沈揚同學，」杜夢卿說道：「請你到講台上來。」

又要幹嘛？沈揚一頭霧水地走上講台。

「不好意思，今天一直沒時間招呼你，連座位都還沒幫你安排。你就坐……」她往台下張望。「你就坐田欣的後面，盧振東你往後移，其他人以此類推。」

瞇瞇眼一站起來，他後面的同學也跟著起身換座位，沈揚這才發現田欣便是那位冷靜功夫一流的班長。

「田欣同學，這幾天若是有空，請充當沈揚的嚮導，帶他了解一下學校和鎮上的環境。」

田欣點了頭。

「還有，我要謝謝你，為我們大家解開謎團，省了許多麻煩。你真的幫我們大家上了一課，」杜夢卿問說：「有人知道是什麼課嗎？」

眾人面面相覷，連最喜歡一搭一唱的胖瘦二人組都安靜無聲。

「不是聽他說了什麼，而是看他做了什麼。」田欣淡淡地說。

「答對了，」老師說道：「社辦當時有二十幾個人，只有沈揚想到要去花圃查看，結果從中發現與證詞矛盾的事實。早上你告訴我們，『要認識一個人，不是聽他說了什麼，而是看他做了什麼』，後來你以身作則，用行動為這句話做了最好的詮釋。請大家給沈揚同學掌聲鼓勵。」

又來了。這次教室裡響起如雷的掌聲。沈揚一臉尷尬，他對這種「當眾表揚」的場合一直無法適應。

「老師，」盧振東舉手發言，「還有一個人應該也要掌聲鼓勵。」

「哦，你是說哪位？」

「是劉剛健，他也去過花圃。」

「對喔，我差點忘了。劉剛健同學，你出力聲援沈揚同學的推理，讓犯人無從狡辯。我也要謝謝你。」

教室裡又響起掌聲，只是熱烈的程度比不上前一回。

「以行為表現來看，若說沈揚是名偵探福爾摩斯，」盧振東說道，從他那張臉實在很難判斷是在開玩笑還是真心讚美，「那麼劉剛健就是華生了。」

「什麼花生，我才不要！」

「是『華生』，不是『花生』，」胖子笑道：「都怪小瞇口齒不清。」

「劉剛健沒說錯啊，」瘦子跟著攪和，「他喜歡的是『點心』，本來就不是『花生』嘛。」

在爆笑聲中，劉剛健一臉彆扭害臊的表情。沈揚心想，看來他確實心儀某人。

「對了，沈揚，再問你一件事，」杜夢卿問道：「你是在花圃發現了真相，還是回社辦之後，才靈機一動注意到證詞與事實不符？」

台下有三十雙眼睛盯著他看，眾人的目光都帶著殷切之情。

他細想當時他回到社辦，並沒有馬上舉發方叔。老師是不是意識到什麼？若是說出實情，搞不好他會從英雄變成了狗熊；若是避重就輕，也許有人——像是盧振東——曾經注意到他本來想撒手不管，一走了之；若要說謊，卻也違背他個人的原則……

此時傳來陣陣鐘聲，放學的時間到了，窗外擠滿看熱鬧的同學。沈揚突然感受到窗外投來一道怨恨的眼神。

他有點意外，卻不怎麼驚訝。有贏家就有輸家。在旁觀者之中，是不是有另一位輸家？該怎麼回答呢？

他突然想起和母親的對話。

「媽，我的外表給人什麼印象？」

楊慕秀微微一笑。

「你不說話的時候，會給人一種……按照你們的說法，會給別人一種『臭屁』的感覺。」

「我就知道。」

「可是媽知道你不是這種人。」

「你覺得我到底是哪種人？」

「你可以是任何人，但也可能什麼人都不是。」

「媽，你說得好深奧哦。」

「一點也不深奧，」她解釋：「媽知道你話不多，看似冷漠，其實秉性善良，你只要做好你自己，未來就有無限的可能；可是如果你想要迎合別人，符合別人對你的要求，到頭來你就會變成四不像，誰也不是。」

「我不曉得怎麼做才好，」他停頓了一下，「每次遇到事情時，我第一個反應總是想要走開，我以為這麼做就不會引人注目，可是結果常常出乎我的預料。」

「不要勉強自己，也不要違背自己，不過重點是：要以善意為前提。」

「要以善意為前提……」

「總之，做你自己就好。」

好吧，不管做什麼樣的抉擇，做自己就對了，沈揚如是想。

或許，這就叫做「少年沈揚的煩惱」吧。

1

有雙眼睛似乎看著他。

其實他也不太確定。

這雙美目的主人坐在他面前，兩眼直視正前方，目光的焦點好像是他，但也可能是背後的牆壁。他很確定背後米色的牆面上空無一物，沒有窗戶，也沒掛版畫之類的裝飾品。明知道不可能，但他還是差點忍不住回頭確認。

有一件事他倒是非常確定：對方的動作是「看」，絕對不是「盯」，也不是「瞪」；眼神之中不帶威脅，也不具批判性，甚至連一丁點好奇的意味也沒有。這雙大眼睛只是專注地看著他，散發著一種純淨之美，黑眼珠有如黑洞似的像是在招喚他，眼白卻猶如燦爛的明燈在指點他一條路。這種感覺很微妙，心情放鬆了，但捨不得轉移目光，覺得自己好像……好像陷入寧靜的大海之中，奇妙的是，身體並沒有向下沉淪，反而被暖洋洋的暗流向上托起。他有種錯覺，宛若躺在一張浩瀚無垠的水床上。

此時，平靜的水面突然起了一陣漣漪。

「十五分又三十二秒。」

「什麼？」

他呆住了，一時之間忘了自己身在何處。

「啵！」對方伸手在他耳旁打了個響指，像是解除了魔咒。沈揚突然清醒過來，發現自己身處在一家咖啡屋的角落，坐在桌子對面的是田欣，正用一雙大眼睛看著他。

「我們進來這裡已經過了十五分又……三十六秒，你一句話也沒說。」

糟糕，他的老毛病又犯了，自顧自地陷入沉思，開始自由聯想。

「你在我臉上看到什麼？」

「我……我看到海。」

這不算說謊。沈揚只是略過不提自己有飄浮在海面的感覺。

「海？」田欣眉頭微蹙。

沈揚點點頭。

「什麼樣的海？」

「大海。」

田欣笑了。

「你很特別，」她說道：「講話簡明扼要，和班上那些囉嗦嘴碎的男生不一樣。」

「有人話多，也有人話少，」他回覆：「這個世界才會平衡。」

「原來你是個哲學家。腦袋放空了十五分又三十六秒，只在我臉上看到大海。」

「十五分又三十六秒？」他有點意外。「有這麼久？」

「在你的世界可能只閃過一瞬間，」她打了個響指，「在我們的現實世界中，卻是過了九百三十六秒。」

「不好意思，一直盯著你看，如果讓你覺得不舒服，還請見諒。」

XII
I
II
III
IIII
X
IX
XI

沈揚略微低頭。

「那倒不必。」

她搖頭的動作極其細微，沈揚幾乎以為那是出於自己的想像。

「我還是頭一遭碰到有人把我的臉看成大海。」

她似乎語帶嘲諷，但搞不好這也是出於沈揚的想像。

「那通常都會看成什麼？」

「不提也罷。」她淡定地說，對這個話題好像不感興趣。

「別人怎麼看，我不曉得，但是杜老師怎麼看，我倒是有點概念。」

「老師怎麼看？」

儘管面無表情，她的語氣卻流露出一絲好奇心。

「她在你臉上看到了信任。」

「信任？那是什麼圖像？」

「這你得去問老師本人。每個人眼中的世界都不一樣，以紅色為例，有人認為那是代表危險的不安感，有人卻認為是熱情的幸福感，」他停頓了一下。「那天她要去棒球隊社辦調解紛爭時，曾經回頭看了你一眼。」

「那又如何？」

「她希望你陪她去。她信任你。」

田欣看著沈揚，這次的眼神帶著審視的意味。

「沒想到你還是個觀察家。」

沈揚微微一笑。

「我們現在之所以坐在這裡，不就是因為她信任你嗎？」

「你又知道了。」

沈揚拿起桌上的冰奶茶喝了一口。杯子裡的冰塊已溶解殆盡，稀釋後的奶味和茶味全都變淡了。

「你有沒有發現，在我們剛才談話的過程中，不管是坐在椅子上還是進進出出在走動的客人，只要是男生，或多或少都會瞄你一眼。」

「這代表什麼？」

「代表你有吸引男生目光的魅力。」

田欣端起馬克杯放到嘴前。沈揚看不見她嘴脣在動，只聞到淡淡的咖啡香。

「魅力是什麼玩意兒？看不到也摸不到。」田欣不以為然地說。

「看不到的東西，並不表示它不存在。」沈揚回應她。

田欣輕啜一口咖啡，放下杯子。

「我只知道一件事，」她說道：「會這麼正大光明盯著我看的人，只有你一個。」

沈揚突然嘛——地臉紅了。

「對不起，」田欣意識到他的尷尬，「我沒有嘲笑你的意思。」

沈揚沒答話。咖啡屋裡播放的流行歌曲只當背景音樂使用，聲音並不響亮，不會干擾到客人之間的交談。然而聽在他耳裡，卻覺得男主唱的高亢嗓音很刺耳。

「總而言之，」沈揚終於說道：「老師信任你，也相信你對男生有影響力，所以指派你出馬談判。」

那天老師轉身回頭看了田欣一眼，還有田欣舉手制止滿場喧譁鼓譟的情景，在沈揚腦海中播放著。眼下她喝了一口咖啡、放下杯子的動作也是瀟灑自在，一點也不做作。

「那你呢？為什麼和我一起坐在這裡？」

「因為我是老師的B計畫。」

「哦？」她問道：「按照你的邏輯來看，老師並沒有百分之百信任我？」

「那倒不是，」他回答：「我覺得老師打的如意算盤是一加一就算沒有大於二，至少也等於二，畢竟團結力量大。萬一你不是他的菜，至少在某種程度上，我也算是有恩於他。」

田欣點了點頭。沈揚看得分明，他很篤定這次田欣的反應，絕非出於自己的想像。

2

星期五下午，也就是昨天下午放學前一個小時，杜夢卿把教室裡的田欣和沈揚叫到走廊上來。

「王瑜仁退出棒球社了，」她開門見山地說：「我想拜託你們去說服他不要退社。」

「老師跟他談過了？」田欣問道。

杜夢卿點點頭，一臉無奈。

「他對前幾天的事還耿耿於懷。」

「他看不出來嗎？老師你一直在維護他。」

杜夢卿搖搖頭。

「表面上維護他是一回事，重點是，他可能覺得我心裡也在懷疑他。」

「是嗎？老師有懷疑他嗎？」

「不管有沒有，現在已經不重要了，」杜夢卿說：「老實說，我壓根兒不相信他會搶別人東西，可是按照當時的情況來看，手套藏在他背包裡似乎是唯一的解釋。當『絕不相信』對上『唯一解答』時，即使是不可能，也會變得有那麼一點可能。有時候人性就是這麼經不起任何考驗。」

她停頓了一下，輕輕嘆口氣。

「你們這個年紀的孩子都很敏感，只怪當時我自己態度不夠堅定。」

田欣從口袋拿出筆記本。

「王瑜仁住在哪裡？我們什麼時候去找他比較方便？」

「不用去他家。他不會見你們的。」

「老師有什麼建議？」

「每逢週六下午兩點鐘，他固定會上『青山』打擊練習場做揮棒訓練。你們可以去那裡找他聊一聊。在練習場談球隊和比賽的事情，一邊勞動身體，一邊動之以情，或許可以說服他改變心意。」

接著，杜夢卿一臉歉意地轉向沈揚。

「真是抱歉，沈揚同學，一直沒時間帶你去鎮上走一走，」她問道：「你喜歡棒球嗎？」

「我喜歡看球，」沈揚回答：「自己倒是沒打過。」

「為什麼？家長不同意嗎？」

「那倒沒有。其實我媽蠻鼓勵我打球，不管是哪一種球類運動都好。只是我認為自己的運動神經不夠發達。」

「你想太多了，有興趣就應該親身體驗一下。」杜夢卿握拳說道，這是她加油打氣時的標準動作。「不如你跟田欣走一趟打擊場，順便下場揮幾球。男生都很喜歡去那裡，搞不好你也會一試就愛上棒球。」

沈揚不置可否地點了頭。

「知道怎麼去嗎？」

田欣點頭，沈揚搖頭。

「你們兩個約好時間，讓田欣帶你去吧。」

「不用了，」沈揚說：「我自己去就行了。」

杜夢卿從包包裡拿出一張紙片，上面寫著打擊場的地址。沈揚伸手去接，一個不小心沒接好，紙片向下滑落。沈揚和田欣同時彎腰伸手攔截，只聽到「碰！」一聲，兩人的額頭就撞個正著。

「對不起，你們有沒有怎樣？」老師連忙問道。

兩人站起來，不約而同地揉著隱隱作痛的額頭。田欣將手上的紙片交給沈揚。

「沒事，」她說：「老師，這次的談判有底線嗎？」

「如果他非退社不可，」杜夢卿想了一下，「至少請他打完星期日的比賽再說。」

「明白了，」田欣說：「我們明天下午會去練習場堵他。」

跟老師告別之後，兩人一走進教室，發現原本像菜市場鬧哄哄的地方頓時鴉雀無聲，全班同學都盯著他們倆看。

「老師叫你們出去幹嘛？」胖子同學問道。

「很可疑哦，一下子點頭，一下子又搖頭的。」瘦子同學立刻幫腔。

「你們倆還同時伸手搶東西，該不會是什麼不可告人的定情之物吧？」胖子又丟出一個問號。

「先是承認，然後又否認，那東西應該是情書吧？」瘦子簡直是火上加油。

「不會吧？」、「班長居然動了凡心？」、「什麼時候開始的？」、「是利用上課期間傳字條的嗎？」……諸多揣測紛紛出籠。

「該不會是警告你們兩個不可談戀愛？」胖子用疑問句做結論。

「咦，真要說起來，其實你們倆外型還蠻登對。」瘦子下了註腳。

「沒錯，冷面判官加上神探的組合，的確很搭。」

田欣沒理會胖瘦二人組的一搭一唱，逕自走回座位。沈揚也是面無表情，一副事不關己的模樣。

「身高差不多。」

「氣質也很接近。」

「喂，你們兩個別再說了，」有同學好心提醒，「再說下去就有人要翻臉了。」

教室後方傳來碰的一聲巨響，原來是劉剛健把書包往桌上甩。

「不過我媽說，」胖子話匣子一開，就停不了口，「能互補的組合才是最佳搭檔。」

「敝人在下我深有同感，」瘦子打蛇隨棍上，「兩位是省話一哥和一姊，不要說聊天講話了，恐怕連吵架拌嘴都很難，這叫我們該如何敲邊鼓，讓你們感情加溫呢？」

「人家說，打是情，罵是愛，」胖子說到忘情處口沫橫飛，「不拌嘴，哪來的愛，不打打鬧鬧，哪來的激情。不行，絕對不行，我還是支持一冷一熱的組合，這才叫做完美的互補。」

「一胖一瘦也是理想的組合哦。」

看來有人啟動了吐槽模式。

「那當然，」胖子越說越來勁，「像我這種骨架大的男生，配上小骨架的女孩才會剛剛好。動畫電影《大英雄天團》相信大家應該看過……」

胖子站起來，略微彎腰向前傾身，雙手往前環抱，彷彿抱著一具不見形體的透明人。

「想像你被一個又白又萌的圓滾機器人擁入懷裡，」胖子簡直是唱作俱佳，臉上露出陶醉的表情，「就算你的痛苦指數是第十級，也會馬上被療癒的。」

「電影演的東西能信嗎？」吐槽大軍出籠了。

「電影裡面的機器人像填充娃娃一樣，抱在身上零負擔。可是你呢？」講話的同學露出快嗝屁的窒息表情，「任何人被你一抱，恐怕要吐掉半條命。」

「沒錯沒錯，被油膩膩又濕答答的胖子抱住，這種感覺應該沒有女生會喜歡吧？」

班上的女生幾乎同時搖頭。胖子一看，心中突然燃起一把無名火。

「我哪有油膩膩又濕答答？」他怒道：「我每天洗澡，而且一定會換乾淨的衣服。」

「每天只洗一次澡可能不夠哦。」

「對對對，衣服也得多換幾件才行。哪個胖子不多汗？」

胖子被大家的七嘴八舌氣得說不出話來，只好一屁股重重地跌回自己的座位。

「小胖，甭說是他們了，連我都替你操心。」瘦子說：「我也很擔心你交不到女朋友。」

真搞不懂他是在安慰同學，還是在落井下石。

「只好由你委身於他，反正你們倆剛好一胖一瘦，恰巧是理想的組合。」

吐槽大軍一起哄堂大笑。

「我才不要跟他送作堆，」瘦子說：「別忘了我是男的。」

「那又如何？現在不是有多元成家嗎？」

吐槽軍團又是一陣狂笑。

「大家安靜。」盧振東插嘴說道：「田欣，老師找你們討論的事情，和棒球社有關吧？」

「無可奉告。」田欣背起書包站了起來。

「你們的任務是去挽留王瑜仁，對不對？」

「啊？王瑜仁要退社？」、「那就不用玩了嘛！」、「少了第三棒還有什麼搞頭？」……這個消息的確令眾人傻眼。

「你是聽來的？還是你自己的推論？」田欣轉身問道。

「推理的部分要靠這個人，」盧振東指著坐在他前面的沈揚後腦勺，「收集情報才是我的強項。」

田欣退出座位，把椅子推入桌子下面。

「談不上什麼任務，只不過是找他聊一聊罷了。」

田欣沿著通道往教室門口走。

「有把握嗎？王瑜仁是茅坑裡的石頭，脾氣又臭又硬。」

田欣走出門外，向左一轉，隨即離開了。

「什麼嘛，這麼大牌，就這樣悶聲不吭地走了。」

沈揚也站起來，看著盧振東問道：「輸了球賽會怎樣？」

「什麼？」盧振東的聲音突然拉高八度，「輸球會怎樣也不知道，你不曉得事情的嚴重性，這樣怎能說服王瑜仁？你沒問清楚嗎？」

「我現在不就是在問你？」

盧振東舉手用力拍打自己的後腦勺。

「真是皇帝不急，急死太監。」他嘆道：「輸了球賽，就無法去S市打校際友誼賽。」

「就這樣？」

「如果我們的球隊可以去S市打友誼賽，本校學生就可以組成二十人的啦啦隊去現場加油打氣。」

「所以呢？」

「所以我們就有機會去S市逛一逛，」盧振東的興奮之情溢於言表，「S市耶！我們又不像你住過大城市。」

「原來如此。」

沈揚拿起書包，轉身便走。

「喂，沈揚，你心中有對策了嗎？」盧振東喊道：「老師會叫你去，就是想借重你的推理能力吧？」

已經走到教室門口的沈揚停下腳步。

「這件事無理可推。」他轉身說道。

「你的意思是……」

「船到橋頭自然直。」

沈揚聳肩說道，隨即跨出教室。

「可惡，」盧振東生氣地說：「一副事不關己的模樣。」

「我必須說，」胖子突然冒了一句，「這兩個人還真是絕配。」

「是啊，」瘦子跟著附和，「除了性別不同之外，他們倆真像是同個模子印出來的。」

接著，只聽到「碰！」一聲，後方的劉剛健一起身，撞翻了椅子，頭也不回地離開教室。

「我指的是個性和氣質。」瘦子像在自我辯解。

「可憐了這傢伙，他是另一個模子印出來的。」

「沒錯，個性差很多，外型差很大。」

「甚至連退場的風格也完全不一樣。」

「咦，」瘦子口風一轉，「但是他和田欣比較像互補的一對。」

「互補又不是萬靈丹。」胖子的口氣不屑。

「你的說法怎麼變來變去？」

「哪有？」胖子堅稱道：「嚴格來說，和劉剛健比起來，我和田欣的配對指數更高。」

聽到這句話的同學們，不是當場摔倒，就是立刻做出嘔吐的動作。

「這話怎麼說？」瘦子問道，他得強忍著往廁所跑的衝動。

「王瑜仁要不要退出棒球社，球隊能不能去S市打友誼賽，」胖子一臉陶陶然的模樣，「我跟田欣一樣，都抱著事不關己的態度。你說我們兩個人是不是心意相通？」

瘦子的腦海中浮現胖子從背後熊抱田欣的畫面……好噁！他立刻拔腿往

教室外面衝。

3

星期六下午兩點鐘，沈揚和田欣依約在「青山」打擊練習場的門口碰頭。沈揚住的地方離青田國中並不遠，剛好在青田鎮的中心位置。打擊場位於小鎮西邊，依傍著山勢而建，算是處在邊陲地區，搭公車過去大概花了二十分鐘。公車路線雖然不時左彎右拐，但基本上還是向西行，而且越往西前進，路旁的景色顯得越蕭條。

到了總站下車，前方一百公尺處便是「青山」打擊練習場。走近一看，田欣已經等在入口處，白色T恤配牛仔短褲顯得清爽俐落。沈揚看了看四周環境，沒想到在如此偏遠之處，打擊場的斜對面居然還有家咖啡屋。

「要不要去咖啡屋坐一下？」沈揚提議道。

田欣臉上閃過一絲驚訝的神情。

「王瑜仁兩點鐘開始揮棒練習，」他解釋道：「現在去找他談，他多半聽不進去，也不會理我們。倒不如讓他練習四、五十分鐘，等他體力消耗差不多了，精神層面也得到滿足，這時候談判會比較有利。」

田欣定眼看著他，微微點頭，然後轉過身，穿越馬路率先走進咖啡屋。兩人挑了角落的位置坐下來，隨即展開十五分又三十六秒的靜默時光……

兩人進入「青山」打擊場，只見三十個打擊區一字排開。每個打擊區的周遭都有護網，地上各有一塊本壘板。站在打擊區往發球機的方向看過去，遠方是綿延不絕的山脈。

「這座打擊場頗有玄機。」田欣說道。

「你也感覺到了？」沈揚說道：「不知為何，有股想要舉棒揮向山脈的衝動。」

沈揚環顧周遭，三十個打擊區堪稱座無虛席，每個打擊者的動作如出一轍：目光專注，舉棒指向山脈，擺好姿勢，扭腰轉動，揮擊的動作一氣呵成，清脆的鋁棒擊球聲此起彼落。

「你呢？也想試看看？」

「我還好，」他說：「我知道自己有幾兩重，不會妄想超過能力範圍的遠大目標。」

兩人沿著通道前行，隨即發現第十七號打擊區的球飛得特別遠。走近一看，果然是王瑜仁。在現場的打擊者當中，他一六五公分的身高不算突出，但不愧是受過訓練的棒球選手，打擊的力道和時間點的拿捏確實比別人到位。

王瑜仁連打了幾顆高飛球，換算到實際的球場上，大概會落在中外野的區域。他停下來，放下球棒，拿起運動飲料喝了一口，這才注意到護網後面站了兩個人。他瞥了沈揚一眼，一臉疑惑。

「你是……」

接著就露出恍然大悟的表情，朝著兩位不速之客走過去。

「那天多虧你的幫忙。」王瑜仁一邊說，一邊點頭致意。

「不用謝我，」沈揚說道：「東西不是你拿的，就賴不到你頭上來。」

「那可未必，」王瑜仁停頓了一下，「這世界上有太多叫人百口莫辯的情形，真的碰上了也只能認栽。」

他轉身對著田欣，「話先說在前頭，我是不會改變心意的。」

「你搞錯了，」田欣淡淡地說：「我不是來遊說你的。我只是來聽你怎麼說。」

「很簡單。我不想打了。」

「那你現在在幹嘛？」

王瑜仁一時語塞。

「情況不一樣。」

「哪裡不一樣？」

他想了一下。

「我現在是為自己打球，在球隊是為許多人打球。」

「所以你是對球隊不滿？」

他聳聳肩。

「不然呢？」他說道：「你當時也在場，那簡直是集體霸凌。」

「你不能怪大家。當時你的行為舉止的確很奇怪。」

「我只是想保護我個人的隱私。」

「你所謂的『隱私』，牽涉到大家的利益。」

「什麼利益？」王瑜仁怒道：「大家都只想滿足自我的好奇心罷了。」

「你這樣說不公平，」田欣心平氣和地說：「在當時的情況下，揪出犯人是大家共同的目標。況且，並不是所有人都把矛頭指向你。」

王瑜仁露出冷笑。

「還說不是來遊說的。你講了這麼多，不就是要說服我改變心意。」

田欣伸出一根手指頭，左右晃了晃。

「我是來幫你認清事實。」

「事實？」王瑜仁的語氣悲憤。「你知道什麼叫做事實？事實就是不管再怎麼努力，即便你認真打球、用功讀書，但是只要有一絲瑕疵，馬上就會被打落谷底，再也沒有人願意幫你講話。」

「原來你對杜老師心存怨恨。」

「沒這回事。」他立刻否認。

「你覺得她冷眼旁觀，沒有站在你這邊支持你。」

「阻止大家搜查我背包的人是她。」

「但你認為她只是在維護人權，就算換成別人被誣陷，她一樣會據理力爭。」

「我並沒有這麼認為。」他氣急敗壞地說。

「那我就不懂了，」她說道：「明知道老師維護你，偏偏要背棄她。」

王瑜仁嘴巴微開，卻是一語不發。

沈揚心裡暗忖，田欣真是厲害，幾句話就讓談判的情勢顛倒過來：她轉為指責老師的攻擊方，而王瑜仁卻是為老師辯解的防守方。

「你應該知道她為什麼會擔任球隊的指導老師，」她刻意停頓一下，「你應該了解球隊對她來說意義重大。」

王瑜仁聽到這句話，低頭發呆了半响，然後默默走開，回到打擊區，惡狠狠地把四顆來球擊到外野，但第五顆球卻揮棒落空，由於用力過猛而差點摔倒。他重新站穩時，發現沈揚換了位置，從護網的正後方移到右後方去，那裡正好是本壘板的右側。

「你打棒球嗎？」王瑜仁問道。

沈揚搖頭。

「那你大概無法了解我的心情。」

王瑜仁舉起球棒，指著遠方的山脈。

「我很喜歡來這裡打球，這座打擊場會激發我強烈的鬥志，讓我想要把每一球都擊出山脈，飛離這個鳥不生蛋的地方。」

他振臂一揮，又把來球打向外野。

「不管去哪裡比賽，只要一站上打擊區，我就會想像自己是站在這裡，面對懸岩峭壁的挑戰，一定要把球轟得又高又遠。」

他一邊說著，臉上突然迸發出燦爛的光采。沈揚不禁讚嘆，雖然身高只有一六五，此時此刻的他卻是個志氣比天高的小巨人。

「要進來打幾球試試看嗎？我可以教你基本動作。」

「不用了，」沈揚回答：「我的運動神經不夠靈敏。」

王瑜仁微微一笑，擺好姿勢，扭腰揮棒，又把球打得老遠。

「其實任何事情都是一樣，不斷地反覆練習才是成功的基礎，」他回頭說道：「能力不足只是藉口，練習量夠不夠才是關鍵。」

他喝了一口運動飲料，轉身面向田欣。

「我要練球了，」他說：「請你回去跟老師說對不起，退社的事情不會改變。」

「我明白了。」

田欣轉身便走，完全沒有繼續慰留的意思。沈揚卻不為所動。

「要不要打個賭？」沈揚突然開口。

「打什麼賭？」王瑜仁一臉疑惑。

「如果我可以把球打出去，那你就幫球隊再打一場比賽，退社的決定我們尊重你的意願。」

「你剛才說你沒打過棒球？」從王瑜仁的問話和臉上表情來看，他上鉤了。

沈揚搖搖頭。

「沒騙我？」

「我不說謊。」

王瑜仁凝視著沈揚，似乎想看透他腦袋裡在打什麼主意。

「怎麼賭？」

「給我五球的機會，只要有一球被我打出去，就算我贏了。」

「五球？」王瑜仁略感驚訝，「會不會太多？」

「一點也不多。」

沈揚先伸直兩根手指頭，再將剩餘的三根也伸出來。

「兩好三壞，這時候還要一顆球才能解決打者。五顆球就可以打發我，所以你賺到了。」

王瑜仁笑了。沈揚第一次看到他咧開了嘴。

「所謂的『打出去』，要如何定義？」

沈揚眺望遠方。

「我沒有你的雄心壯志，」他說：「也不想向懸岩峭壁挑戰。球只要越過發球機就行。」

「擦棒球怎麼算？」

「算我失敗。」

王瑜仁又看了沈揚一會兒，才把手中的球棒遞出去。沈揚穿過護網，走進打擊區，接下棒子，往本壘板的左側一站。他擺出的打擊姿勢還算有模有樣，雙腳略開，膝蓋微蹲，雙手舉高球棒，上半身往後側旋扭，做出預備動作。

「你有六球的機會，」王瑜仁退開幾步說：「我不想占你便宜。」

「不必了，」沈揚扭腰試揮了幾下，「我比較喜歡五這個數字。」

沈揚微調姿勢，然後就定位，眼睛盯著正前方的發球機。

「來吧。」

喀嚓、喀嚓，儘管周遭鏗鏘有力的擊球聲此起彼落，眼前的發球機馬達運轉卻聽得分明，沈揚看到一團白白的東西朝他飛過來，然後「噗」一聲打在後方護網上。

「好球。」王瑜仁說道。

沈揚不是棒球迷，但也知道所謂的好球帶，大概位於打擊者肩膀與腰部的中線以及膝蓋之間的區域。剛才那顆球的確從他膝蓋上方掠過。

「不用選球了，機器投出來的球，基本上都可以打。」

第二球隨即飛出。沈揚握緊棒子，盯住球移動的軌跡，扭腰揮擊。

「揮棒落空。」

王瑜仁的聲音聽來並無嘲弄之意，純粹是在陳述事實。沈揚回頭看了一眼，田欣雙手環胸，面無表情，看不出來她在想什麼。

「再來，加油。」

第三球從發球機射出，沈揚看見它咻地直直越過本壘板，然後打在護網上。

「這球很快，放掉沒關係。」

聽到王瑜仁幫他打氣，沈揚心想：「這個人真是有趣，他還記得自己在跟別人打賭吧？」

第四球來了。沈揚左腳往後退了半步，揮棒往下一砍。「碰！」的一聲，球擦到棒子而往後飛，被護網攔了下來。幸好王瑜仁及時彎腰閃過，不然這顆擦棒球就往他頭上招呼了。

「咦？」

王瑜仁首度露出驚訝的表情。田欣雖沒出聲，雙手卻放了下來。終於碰到球了，沈揚不禁鬆了一口氣，他重新擺好打擊姿勢，看著正前方，想像著王瑜仁說的那種胸臆間有股想要把球打飛越過山脈的決心……可是他揣摩不出來。

只見第五球飛出，他的目光迅速隨著球移動，右腳往前踏了半步，然後

「這地方太吵了吧？」田欣表示，「講話不自覺會拉大嗓門。」

盧振東正襟危坐，雙手平放桌上，一副專業人士正經八百的派頭。

「你們覺得我像情報販子嗎？」

沈揚和田欣互看一眼。

「你們以為間諜通常長什麼樣子？」

他們倆還是沒回應。

「至少不是我這副德性吧？」

沈揚聳聳肩。

「越不像，就越合適，」盧振東說：「尤其我的瞇瞇眼正是最好的掩護。」

他向前單手撐著下巴，稍微低頭。

「看起來很像睡著了吧。」

他嘴脣蠕動，每個字卻很清晰地傳入他們耳裡。

「大家都以為我在打盹，對我完全沒有防備之心，結果讓我偷……」他停頓了一下，「不對，應該說讓我聽到很多情報。我不是故意的，只不過是利用別人『疏於防備』和『無意識透露』來收集情報。」

接著，他雙手誇張地畫了個半圓，指著周遭的環境。

「這地方雖吵，卻代表有很多訊息在流動。只要認真聽，就會有所斬獲。」

「言歸正傳，」田欣適時打岔，「你查到什麼情報？」

盧振東掏出筆記本。

「根據你們的揣測，王瑜仁退社可能是不得已的決定。這裡頭是不是有人在搞鬼？」他翻開某一頁。「我查了一下，週三那天的手套搶案結束後，三樓的8B——也就是王瑜仁他們班，曾經被廣播叫到操場集合，五分鐘過後，大家才發現這是一場烏龍事件。奇怪的是，查不出是誰在捉弄8B。那天下午的廣播室沒上鎖，也無人留守。」

他翻開另一頁。

「還有一件事也很奇怪，有幾個8B的同學先聽見一、兩秒鐘的音樂聲，隨後突然切換到操場集合的指示。但是聽到音樂聲的同學並不多，不曉得是錯覺還是真有其事。」

「你有廣播室的照片或書面資料嗎？」沈揚問道。

「只要你開口，我一定弄得到。」

盧振東的口氣自信滿滿。他從夾頁中拿出一張彩色照片。沈揚接手一看，照片的背景是一面牆，前面有一台大型的混音控制器，上面有推軌、微調器和麥克風，另外有幾顆紅、黃、白單一顏色的按鈕和旋鈕。

「看起來和一般的廣播室差不多。」

「我們學校只有九個班，每個年級有三個班。因為班級少，所以控制器可指定單一班級來傳送訊息。」

沈揚仔細端詳照片。

「你知道怎麼操作嗎？這幾個顏色按鈕都是什麼作用？」

「很簡單啊！常去廣播室的同學都會操作。你看這個紅色按鈕是放音樂，黃色的是廣播……」

「很像調虎離山之計。」田欣打斷盧振東持續了三十秒以上的廣播室操作介紹。

「的確如此。8B同學回三樓教室之後，發現掛在後面牆壁上的背包少了三個，形狀大小很相近，只有顏色不同，分別是黑、紫、藍三種顏色。」

沈揚和田欣互看一眼。

「王瑜仁的背包是紫色，」田欣說：「看來拿走三個背包是障眼法，目的是不讓人看穿王瑜仁的背包才是真正目標。」

「正解。」盧振東拍拍手。「根據我打聽來的消息，據說王瑜仁發現背包不見時非常慌張，但後來就冷靜下來，而且還若無其事地離開學校。」

「另外兩位同學呢？」

「他們跟老師報告了，但是背包裡面沒有錢包或手機之類的值錢物品，所以校方只當作惡作劇來處理。」

「隔天王瑜仁提出退社申請，這個惡作劇引發的效應可不小。」

「他背包裡面到底藏了什麼東西？居然可以用來要脅他退出球隊。」

「每個人都有不想讓別人知道的祕密。」

「咦，難不成連冷面判官也有祕密？」

田欣沒理會盧振東的試探。

「開玩笑的啦。」他幫自己找台階下。「對了，我也問了星期三在校門口執勤的糾察隊同學，他們沒印象看到有人揹著三個包包走出校門。」

「這麼做就太明目張膽，況且校門口裝了監視器，拿背包的人應該會避免走正門出去。」

「既然如此，那三個背包應該還在學校裡面。ㄇ字型校園的東西兩側有圍牆，牆外是大馬路，翻牆出去太危險了，被人撞見的機率很高。和校門口反方向的碎石路只能通往棒球場和花圃，也許拿背包的人把東西藏在那裡。」

「不太可能，」沈揚說：「那天早上才發生過搶手套的事件，花圃不適合藏東西，況且有三個背包要藏。」

「學校那麼大，要藏三個背包並不難。」田欣說道。

「我馬上找人去學校搜索，盡快把王瑜仁的背包找出來。」盧振東說道。

「找出背包就好，別偷看裡面放了什麼東西。」

「想偷看是人之常情，」盧振東辯解道：「難道你們都沒有好奇心嗎？」

「別忘了，好奇心可是會害死一隻貓。」

沈揚交還照片給盧振東。

「王瑜仁退社之後，誰是最大的受益者？」他問道。

「應該是隊上的後補內野手。」

沈揚想了一下。

「你有棒球隊的名單嗎？」

「有。」盧振東拿出幾張紙。「照片和個人資料通通都有。」

沈揚接手一看，名單上面有九名正選球員和五名候補選手的資料。他直接跳到候補選手的部分，內野手共有三名，其中名叫方文清的男生他覺得有點眼熟。

「方叔的兒子叫做方文清？」

「我明天會去球場做實驗，驗證你的推論是否正確。」田欣說道。

「你呢？沈揚，你要負責做什麼？」盧振東問道。

「再來沒我的事了，」沈揚說：「有你們兩位出馬就行了。」

「你不來現場看球？」田欣問道。

「我還是待在家裡幫忙整理吧。畢竟我們才搬來沒幾天。」

盧振東收起筆記本和書面資料。

「不知兩位對我的服務滿意嗎？」

「我有個建議，」沈揚說：「別把情報付諸文字，直接記在腦子裡比較好。」

「蛤？」

「小謎」盧振東愣住了，得意的笑容頓時消失。

6

木板床、木質書桌、折疊椅、簡易衣櫃、舊電扇，還有兩個三層書架，這些傢俱構成了房間的主要擺設。這個房間並不大，現階段就已經很難再塞進其他東西。不過沈揚毫無怨言，能擁有自己的空間已心滿意足，況且房間裡唯一的窗戶一打開，便可看見整條街道。

沈揚家位於青田一路一棟三層樓小公寓的二樓。青田一路不算是大馬路，但因為直通青田路而成為重要街道。在白天的尖峰時刻頗為吵雜，入夜後卻寂靜無聲。他打開窗戶從二樓往下看，現在已經九點多，整條路別說是車流，連半個走動的人影也沒有，真難想像此刻是週末夜晚。他母親回到家是八點四十分。為了配合宵禁時間，所有店家都在八點鐘就開始準備打烊。

這個鄉下地方為何有宵禁時間，而且設定在不算太晚的九點鐘，他實在想不通。換成在T市，九點是正熱鬧的時候，有的人才剛下班要去祭五臟廟，或者正打算出門尋歡作樂。按照他的想法，如果宵禁是定在十點鐘以後，或許還可以理解，以他之前的同學為例，有人家裡的門禁時間便是十點或十一點。

老媽是為了這個原因才搬到小鎮？他不太相信，也懷疑她早已知情。但她早已過了精力旺盛的青少年階段，並不在乎門禁時間的約束，而正值青春期的沈揚，也幾乎沒有晚歸的紀錄，原因無他：對於呼朋引伴夜間在外逗留這種事，他根本不感興趣。

他站在窗口，伸手輕碰紗窗。觸感粗糙的紗窗隔開了他和外面的世界。二樓並不高，他閉上雙眼，想像從這裡一躍而下，如果剛好有輛車子經過……

他屏氣凝神，耳裡聽到的卻非尖銳的煞車聲，而是緩慢轉動門把的喀啦聲。他睜開眼睛，轉頭一看，老媽正從門縫探頭進來。

「你還沒睡吧？」

「媽，」他說道：「你不能先敲門嗎？」

「房間裡靜悄悄的，我怕你睡著了嘛。」

她逕自開門進入，然後走到床邊坐下來。

「你吃飽了嗎？」他問道。

她點點頭。

「也洗好澡了，」她伸了個懶腰，「好累喔。」

沈揚轉身直視著她。

「媽，你幹嘛去當收銀員，你以前不是公司的出納嗎？」

「收銀員和出納只是名稱不同，工作性質其實差不多，手上的錢進進出出，一樣都是過路財神。」

「那也不用去大賣場上班啊，亂哄哄的。」

「在大賣場上班才會認識更多人嘛。」

她轉頭去看同時充當床頭櫃的書架。

「你東西都收拾好了？」她說道：「還有很多空位嘛。可以把我的東西借放在你這裡嗎？」

「媽，」他忍不住抱怨，「你不能隨便進入我的房間。既然如此，你把東西放在我房裡又有什麼意思？」

楊慕秀檢視架上的書，對沈揚的抗議置若罔聞。

「你的書都是推理小說，看來你對伸張正義頗有興趣。」

「錯了，並沒有。」

「那你讀推理小說有什麼樂趣？」

「不為樂趣，只為探查真相。」

「真相？什麼真相？」

沈揚捏了捏鼻子，沒講話。

「知道真相之後又能怎樣？」

他拉開摺疊椅，順勢坐下。

「我想知道故事中的角色如何查出真相，也想知道查出真相之後，他們的人生有何變化。」

「哇，好特別的觀點，」她以佩服的口氣說道：「結果呢？有找到你要的答案嗎？」

「在這些小說中，要得到真相，有時得付出好幾條人命的代價，」他抬頭看著天花板，「但真相一旦揭曉，故事隨即落幕。故事中的角色是否重獲新生，顯然並不重要。」

楊慕秀露出苦笑。

「幹嘛這麼嚴肅，讀小說只是消遣，不是為了尋找人生的意義，」她停頓一下，「你太捨近求遠了，眼前就有疑點可以讓你追查真相啊。」

「你是指……」

「宵禁時間，」她說：「你不覺得奇怪嗎？這種鄉下地方，居然規定九點鐘以前得回到家。」

「你的同事怎麼說？」

「我才上班第二天，他們只告訴我這個規定行之多年，還叮嚀我一定要準時回家。」

「不然呢？」

她眼球往上一轉，露出了眼白，吐出長長的舌頭，雙手平伸且十指怒張。

「一點都不可怕。」他偏著頭，無動於衷地說。

她指著窗外。

「你聽外面。」

他豎耳聆聽。

「風聲。」

「不只是風聲。」

他搖搖頭，不發一語。

「我同事說很像鬼哭神號。」

「你覺得呢？」

「我覺得那聲音像在磨牙，聽起來毛毛的。」

他抓了抓耳朵，然後側耳傾聽，皺起眉頭。

「你的想像力太豐富了吧。」

「是你神經大條，所以晚上才睡得很安穩。」

突然，楊慕秀望向窗外，雙手摀住耳朵。

「你不怕嗎？」

「怕什麼？」

「怕外面有……」

「有鬼？」沈揚替她把話講完。「我不信。世上若真的有鬼，爸怎麼沒來看過我們？」

「小揚，」她柔聲說：「看不到的事情，並不表示沒發生過。說不定你爸來過，只是我們看不見罷了。」

見沈揚一臉凝重，她接著說：「你很想你爸？」

「我不曉得從何想起，」他說道：「我只看過照片，對他一點印象也沒有。」

「說的也是，你爸過世也有十年了……」她停頓一下。「生命中自有安排。已經發生的事情，你只能選擇接受和放下。」

「我就是佩服老媽這一點，」他說道：「明明自己也失去家人，卻還可以這樣平靜地安慰我。」

「因為我還有你可以依靠啊。」她笑咪咪地說。

「可別要我答應你會陪你一輩子。」沈揚也開玩笑地接著說。

沒想到楊慕秀突然板起臉孔。

「你不願意啊？」

沈揚看不出來老媽是在開玩笑還是說真的，一時之間不知如何接話。這時他的手機鈴聲突然響起，是盧振東打來的電話。

「喂。」他起身走到窗前。

「找不到背包，接下來該怎麼辦？」盧振東也不客套，劈頭就說。

對沈揚來說，這個發展算是在意料之中。

「既然找不到，就讓對方主動拿出來吧。」

「辦得到嗎？」

沈揚把想好的計策說給盧振東聽。

「值得一試，」盧振東一副躍躍欲試的口吻，「這招叫做『引蛇出洞』，對吧？」

「顏色差不多就行了，形狀倒是要越接近越好。」沈揚提示道。

「這件事交給我來辦，」盧振東停頓了一下，「你明天會去看球賽嗎？」

「不會。」

沈揚望向窗外，街上只剩下路燈亮著，店面的看板燈全都熄滅了。

「田欣也說你不會去，」盧振東說：「你們倆好像很快就培養出默契了。」

沈揚心想，既然是宵禁，路上沒有行人也沒有車流，為何還要亮著路燈？

「不想回答我是吧？」盧振東笑道。

他說完便掛斷了。沈揚一轉身，發現老媽在床上睡著了。他蹲在床前，輕輕推她。

「媽，回房間睡覺啦。」

楊慕秀突然翻身朝向牆壁，背對著沈揚說：「好累喔，別吵我，讓我睡覺。」

他無可奈何地嘆了口氣，把涼被拉過來蓋在她身上。這下子可好了，這張床擠得下兩個人嗎？他滿心懷疑。

看來，這將會是漫長的一夜。

7

天空陰沉，烏雲蔽日，風勢忽大忽小。球場上的旗桿時而往東斜，時而向西搖。看來今天並不是打球的好日子。

天公不作美，但是既然沒下雨，球賽當然如期於週日下午兩點半準時開打。兩支隊伍都在一點半左右來到比賽場地暖身練球，王瑜仁的出現，果然引起騷動。

「你不是退社了嗎，怎麼又來了？」有人驚訝地問。

「太好了，既然你沒退出，那我們球隊又恢復鑽石打線。」有人興奮地說。

當然，也有人目瞪口呆說不出話來。最開心的人莫過於杜夢卿，雖然田欣已向老師報告王瑜仁承諾會再打一場，然而一看見王瑜仁現身，杜夢卿還是忍不住跑過去，一把將他抱在懷裡，嘴裡喃喃說道：「來了就好。來了就好。」

青田隊在進行守備練習時，田欣抱著一桶球走過三壘旁邊，突然一個踉蹌，連人帶桶摔了一跤，桶子裡的球滾了一地。

「不好意思，」田欣坐在地上，揉著膝蓋，對著當時站在三壘附近的球員說：「可以幫我撿球嗎？」

這位同學馬上蹲下來幫忙撿球，卻面露不解的神情。

「你抱著一桶網球幹嘛？」他問道。

「這桶球不知為何放在我們的球員休息區，我想把它們搬走。」她答道。

這位球員點點頭，迅速將一地的網球撿回桶子裡，然後放到田欣面前。

「這桶球有什麼奇怪的地方嗎？」她隨口問道。

「哪有什麼奇怪，」他不假思索地回答：「每顆球都一樣啊。」

她說了聲謝謝，抱著桶子腳步蹣跚地離開。

守備練習結束後，王瑜仁在走回休息區途中遇上田欣，兩人交談了幾句，隨後他露出會意的表情。回到休息區時，他當眾從球袋裡取出一個背包，接著從中拿出一個手套。這個舉動，果然讓某人看得眼睛發直。

到目前為止，田欣在球場這邊完全按照沈揚的安排，依計畫行事，並透過手機將測試結果告訴在另一邊待命的盧振東。

球賽開打。

這場青田國中對上青城國中的棒球賽，是在青城國中的球場進行。青田身為客隊，第一局上半要上場進攻。

青城的投手郭宜安擅長投快速直球，投球策略是主攻好球帶的四個角落，偶爾會穿插幾顆二縫線速球。他順利解決了第一棒陳賓，卻被第二棒李國興打出穿越二遊之間的安打。

緊接著，第三棒王瑜仁上場了。場邊的啦啦隊用大聲公齊聲吶喊：「全壘打！全壘打！」

郭宜安投出第一球就是正中好球。王瑜仁毫不客氣大棒一揮，棒子立刻咬中球心，揮出去的球如同閃電般直飛全壘打牆，眼看就要飛出牆外。突然一陣怪風吹向內野，形成一股阻力將球攔截，在全壘打牆邊墜落而掉入中外野手的手套……遭到接殺。唉呀，全場響起一陣惋惜聲。

接著上場的第四棒謝銀龍打了一個沖天炮，在三壘上空被接殺出局。青田隊在第一局的進攻無功而返。

攻守交換之時，杜夢卿向自家投手林書勝面授機宜。

「對方的投手今天控球很準，」她說道：「不要跟他飆球速，一球一球穩穩地投就好。」

看到對手球速快，不自覺會想要卯足了勁投球，這是正常反應。然而林書勝屬於控球型的投手，球速並不快，但是會投滑球、變速球和慢速曲球等三種變化球路。杜夢卿提醒他要利用自己的優勢，別被人牽著鼻子走。

接下來兩位投手皆有稱職的表現。前三局形成投手戰，兩隊的打擊皆無建樹，計分板上掛了六個零。

四局上半，王瑜仁再度上場打擊。他等了兩個壞球，然後瞄準一顆朝內角墜落的低球用力一撈，球呈拋物線往左外野飛去。好幾個外野觀眾已站好位置，伸出手套，準備接住這顆直奔全壘打牆的飛球。哪知那顆飛球突然向右轉彎，讓每個伸長的手套全都撲了空，最終在牆邊落下來，被左外野手接個正著。

「啊，又是風在攪局，」杜夢卿極為扼腕地大叫一聲，「老天爺！祢怎麼不站在我們這邊。」

田欣心裡暗想，老天爺不捧場，運氣也沒站在王瑜仁那邊。

盧振東也一直沒來電報告好消息。

青田國中校門口前方有個十字路口。那個路口立了一棵不算高，也稱不上粗壯的樹木，卻剛好可以遮掩一條人影。站在樹幹後面往校門口張望，視野不但一覽無遺，又不會被別人看到，是個非常適合監視的地點。盧振東正躲在那裡守著。

真的會有人來拿背包嗎？他心裡半信半疑。關於沈揚的推理，基本上他覺得說得通，拿走背包的人應該就是那傢伙，不過背包是否還藏在學校裡，這恐怕得賭一賭。如果無法人贓俱獲，要小偷認罪可就難了。

他拿出手機，撥打給田欣。才響了一聲，她立刻接起電話。

「怎麼樣？目標出現了？」

「一點動靜也沒有。」

他的失望之情溢於言表。

「再等等看，」她試著安撫他，「我看到那個人撥了幾次手機，應該會有所行動。」

「你覺得有必要再打電話問一下沈揚嗎？」

「不必了，」她說道：「他已經把劇本寫好，接下來就看我們怎麼執行。」

「好吧。」他停頓了一下。「現在是幾比幾？」

「零比二，我們落後。」

「啊？怎麼會這樣？」

「簡單說，這是王瑜仁自己捅出來的婁子。」

王瑜仁看似鎮定，幾次的打擊都把球打得很紮實，只可惜運氣不佳沒飛出全壘打牆。未料他的守備卻洩了底，看來背包的失竊案多少還是影響了他的穩定性，害他的守備出包。五局下半兩出局，一、二壘有人，一個看似稀鬆平常的滾地球，居然有如火車過山洞般從王瑜仁跨下溜過去，然後一直滾到外野。這個失誤的代價，是讓壘上的兩名跑者通通回到本壘。

王瑜仁抬頭望著天空，一臉懊惱沮喪。

此時的沈揚也同樣望著天空。

頭上是同一片天，腳下卻是自家公寓的三樓屋頂。他倚著女兒牆凝視天際。天色陰霾，藍天不見了，太陽也躲起來了，天空彷彿蒙上一層灰溜溜的屏障，感覺像是傾盆大雨即將降臨。

星期日的下午，老媽上班去了。今天不是親子共遊闔家歡的好日子。

他聽到下方傳來講話聲。往下一看，人行道上有個三十歲的中年大叔快步前進，後頭跟著一個三、四歲左右的小娃。路上的車子不多，車速也不快，相較之下，這一大一小的腳步聲反而顯得急促。

女兒牆的高度只及成人腰部，擋得了小孩失足往下掉，卻防不了大人往下跳。三樓離地雖不高，若是失足掉下去，不死也會重傷。不過，如果算好距離，用力衝刺再跳向馬路的話……

「爸比，等我啦。」

小娃兒步履蹣跚，小小的身軀東搖西晃，講話上氣不接下氣。

「快點，你動作太慢了，要用跑的。」

前方的爸爸毫不憐惜，繼續往前趕路。

「爸比，爸比，等等我。」小娃兒突然摔倒在地，嚎啕大哭起來。

看著這一幕，沈揚突然感到雙腿無力，渾身發抖，心臟怦怦跳，好像快要窒息。他跌坐在女兒牆邊，伸手攀住矮牆，試著挺身站起來。

七局上半，青田隊最後一次進攻機會，比數仍是零比二，目前已經兩人出局，壘上無人。青田的啦啦隊如喪考妣，安靜無聲。青城的啦啦隊反而搖旗吶喊，準備迎接勝利的到來。

第一棒陳賓高舉球棒，擺出要一棒平天下的架勢，哪知他半途突然改為偷點，用短打的方式成功撲上一壘。第二棒李國興也拗到四壞球保送。幸運的風向球不知是否已轉向青田隊。

就在這個時候，田欣的手機震動了，她立刻接聽，隨即聽到盧振東的聲音，「拿到背包，也逮到人了。這傢伙是個小六生，他是……」

田欣掛斷電話，轉頭向老師使眼色。杜夢卿馬上喊了暫停。王瑜仁退出打擊區，走回休息區，田欣上前與他交談。

「你的背包找回來了，」她說道：「希望這個消息能讓你心裡那塊石頭落地。」

「謝謝你們。」他淡淡地說。

王瑜仁重回打擊區，他轉頭望著內野看台區，然後舉棒就定位。田欣猜測，他大概在尋找沈揚的身影吧。這傢伙決不會現身的，他是個怪咖，人越多的地方越不會出現。

郭宜安第一球投的就是快速直球，看來他想要來個英雄式的正面對決，並不想投出四壞球保送王瑜仁。可惜王瑜仁沒把握好時間點，打成了擦棒球。

第二球是刁鑽的二縫線速球，王瑜仁打成了界外球。

兩好球。

第三球是偏高的快速直球。王瑜仁忍住沒揮棒。

兩好一壞。情況仍然對投手有利。

第四球是顆來勢洶洶的四縫線速球。王瑜仁振臂一揮，把球擊向中外野。這一棒打得很遠，然而前兩次的挫敗大家仍記憶猶新，再加上一直有怪風攪局，所以現場觀眾都覺得大事不妙，八成會被外野手接殺出局。杜夢卿已經掩面嘆息，其他球員也紛紛抱頭目不忍睹。球看似即將在全壘打牆前墜落……

奇蹟出現了。

原本由外野吹向內野的怪風，突然來個一百八十度大轉彎，改為從內野吹向外野。多了這一把勁，球往前躍進一尺之距，剛好越過了全壘打牆。即便外野手跳起來撲接，這顆球還是輕飄飄地掉入外野看台區。

這是一支三分全壘打。青田隊有機會演出大逆轉了。

全場歡聲雷動，杜夢卿高興地又跳又叫，青田國中的隊員全都衝出休息區，等著和王瑜仁擁抱，看台上的同學們也都互相擊掌叫好。田欣心想，這場勝負的關鍵不完全在明星球員身上，而是還要看老天爺臉色。這就叫做「謀事在人，成事在天」。

這場比賽結果是三比二，青田靠一支全壘打逆轉比數險勝青城。在球員們喜孜孜地談天說笑、收拾球具之時，杜夢卿、田欣和王瑜仁三人攔住了某名隊員。

「王瑜仁的背包是你拿走的吧？」田欣先發制人。

「我不懂你在說什麼。」

「我們有證據證明是你拿的。」

「什麼證據？」

田欣把手中的球拋給他。對方伸手一接，露出錯愕的表情。

「丟網球給我幹嘛？」

田欣微微一笑。

「你要是拿那顆球上場，八成會被主審先扣分再說。」

他手上拿著一顆網球，卻不曉得它是紅色的。

給讀者的推理大挑戰

棒球是我們的國球。就算不曾下場打過球，也一定在電視上看過棒球比賽。這項擁有一百多年歷史的球類運動，帶給我們許多珍貴的回憶，早期的三級棒球在國際賽事攻城掠地，拿下多次冠軍獎杯，後來有王建民登上大聯盟，成為紐約洋基的王牌投手。這些球員的出賽，不管代表國家還是個人，總是抱著求勝的精神奮戰，令我們這些守在電視機前面的觀眾感動不已。

本篇故事利用棒球比賽為背景，男女主角使出一石二鳥之計，一方面要幫助球隊獲勝，另一方面要揪出偷走背包的人。在此告訴各位，所有的線索全都呈現在你們面前了。想不想當個破案英雄，就看各位的抉擇。正如書中所指出的「謀事在人，成事在天」，但若不去試試看，怎知自己的灰色腦細胞是否靈光？

祝各位好運，一棒轟出全壘打，順利找出犯案的小偷！

8

星期六傍晚，沈揚、田欣、盧振東三人在「ＤＷ」速食店的交流持續著。

盧振東在餐巾紙上擠出一大坨番茄醬。

「別賣關子，快說。」

他拿薯條沾了番茄醬放進嘴裡。

「番茄醬是什麼顏色？」沈揚問道。

「紅色啊。」盧振東答道。

「那是你眼中的顏色。在某些人看來，其實並非紅色。」

「怎麼可能？」

「在這個事件中，有兩個疑點引起我的注意。」沈揚換了話題。「首先是在廣播集合之前，為何會先播放一、兩秒鐘的音樂？再來是小偷為何要拿走三個背包？目標應該只有王瑜仁的背包才對。」

「可能這個小偷很貪心，」盧振東說道：「或是想故布疑陣，誤導大家以為偷背包是隨機事件。」

「不太可能，」沈揚反駁道：「小偷要先進廣播室騙 8 B 同學下樓，然後再趕往 8 B 教室拿背包，時間其實非常倉促，為何要畫蛇添足多拿兩個背包？」

盧振東抓著自己下巴。

「好吧，你的推論是？」

「關鍵在於顏色，」沈揚說道：「這個小偷可能分不清紫、藍、黑三色的差別，所以只好通通拿走。以同樣的邏輯來看廣播室的疑點，小偷應該也分不出紅黃之間的差別，因而誤觸播放音樂的按鍵。」

「你是在說，」田欣試著一猜，「色盲？」

「沒錯。」沈揚點點頭。「我在看棒球隊的名單時，盧振東曾說鄭志傑鬧過笑話，誤將柳橙當作檸檬，或是傻傻地把酪梨當成芒果買回去。」

「形狀很像，顏色卻不一樣。」盧振東說道。

「原來你推測鄭志傑是小偷。」田欣接著說。

「只要證明他是色盲，八成就是本案的小偷。」沈揚說道。

「怎麼證明？去調閱他的病歷表？」盧振東問道。

「不用這麼麻煩，」沈揚對著田欣說：「你明天帶桶網球去球場，然後製造機會讓鄭志傑幫你撿球。只要他沒發現黃綠色的網球中，竟夾雜著一顆紅色網球，我們便可知道他是色盲患者。」

「通常色盲只是分不出紅跟綠吧？」田欣問道。

盧振東搶著回答：「鄭志傑應該是全色盲。」

「全色盲？」她趕緊又補上一句。「不要長篇大論，簡單說明就行了。」

「簡單說，」盧振東有點無奈地解釋：「在全色盲患者眼中，七色彩虹只是一片灰暗，就像在看黑白電視一樣，有明暗之分，卻沒有顏色差別。」

「難怪他也分不出紫色跟藍色。」

「其實全色盲患者很怕光，要他們在大太陽底下打球，恐怕會失誤連連。」

「換個角度看，」沈揚突然插嘴說道：「這代表鄭志傑真的很喜歡棒球。為了上場打球，他強迫自己非得克服先天的色覺障礙。」

「那又怎樣？」田欣不愧是冷面判官。「他的作法不叫克服，而是犯罪。不管怎麼樣，人不能為了一己的私利而無所不用其極。」

「那又怎樣？」鄭志傑說道：「就算我有色盲，你們也無法證明是我拿走王瑜仁的背包。」

「你叫你念小六的弟弟去學校拿背包，沒錯吧？」田欣說：「我們已經在校門口逮到他了。他也坦承是受你之託才這麼做。」

鄭志傑手一鬆，紅色的球掉落在地上。他瞪著王瑜仁。

「原來，」鄭志傑說：「你利用我分不出顏色，故意拿著形狀相似的背包在我面前晃來晃去。」

王瑜仁搖搖頭。

「我只會打球，我的腦袋想不出這種計謀。」

「是那個轉學生搞的鬼？」

此時，杜夢卿介入他們的對話。

「鄭志傑，我跟王瑜仁談過了，我們不打算報警，也不會跟校方提這件事。」她說：「如果你還想打球，那我們得坐下來好好談一談。」

鄭志傑低著頭，沒吭聲。

這時候，天空下起了毛毛細雨。杜夢卿從包包裡拿出一把摺疊傘，站到鄭志傑身邊撐開。他抬起頭來。

「我只是想上場打球。我不想一直坐冷板凳。」

「我明白，」杜夢卿拍拍他的臂膀，「先離開這裡再說。」

鄭志傑終於點頭，跟著杜夢卿離去。

田欣看著兩人撐著傘漸行漸遠，王瑜仁也從另一邊離開了。她摸著落在臉上的雨絲，掏出手機撥號。鈴聲響了九聲才接通。

「沒事吧？」

另一邊先是沉默無聲，然後總算有了回應。

「還好。」

聽見田欣平靜的聲音，沈揚腦子裡浮現一片大海的景象。他覺得很安寧，身體漸漸放鬆，呼吸也恢復了正常。雨絲飄落在臉上，腦袋不再暈眩，反而有股透心涼的清澈感。

「頭殼還很硬嗎？」田欣調侃地說。

「哦，」他愣了一下，「還撐得住。」

耳邊響起鬆了一口氣的嘆息聲，猶如海風徐徐吹來。

「一切正如你所料，小偷是鄭志傑，背包也找回來了。」

「嗯。」

「球賽最後贏了。」

「嗯。」

她遲疑了一下。

「明天見。」

「嗯。」

「明天學校見。」

她像在做最後確認似的重複一遍。

「好的。」

掛了電話，大海的畫面仍在沈揚的心頭縈繞。他抓住女兒牆的邊緣，奮力站起來。他揉了揉眼睛，眺望遠方的人行道上，貌似有對父子手牽手漫步在雨中。

一切似乎都有個還不錯的結局。

也好，或許下次再說吧。

第三個故事

尋找被詛咒的彩畫

1

這場逆轉勝的球賽已過了三天，至今仍是校園裡的熱門話題。漂亮的撲接，驚險的滑壘，以及驚天一擊的關鍵全壘打，每一景一幕都讓人津津樂道。眾人陶醉在歡欣鼓舞的氣氛中，大家都面帶笑容、健步如飛，連校園內栽種的花草樹木也彷彿茂盛了起來。

葛瑞民看著攝影機的鏡頭，放眼盡是紅色布條和各式各樣的海報看板，上面寫的不外乎「打敗青城，進軍S城」、「青田之光，耀眼無疆」、「青田第一，所向無敵」等慶賀標語。更誇張的像是「邁向大聯盟！」、「勇奪世界冠軍」的誑語都出籠了。

葛瑞民沒按快門，反而是放下攝影機。這些看板和紅布條已經掛了三天，該拍的照片早就拍了。他走在人群之中，不時聽到大家在討論三天前的比賽。有人說得慷慨激昂，彷彿自己就是那位扭轉戰局的英雄。

即使三天已過，全校師生仍像中了樂透彩似的興奮莫名。這也難怪，去年的比賽輸給青城隊，結果無緣去S市打決賽。後來教練過世了，這個打擊讓球隊的士氣更為低落，儘管教練的妹妹杜夢卿補上了空缺，可是沒有人看好她一介女子能讓球隊起死回生。

以結果來看，杜夢卿首度帶隊比賽，就讓眾人跌破眼鏡。

話又說回來，大家心目中最大的功臣，應屬打出致勝一擊的王瑜仁。演出逆轉勝，不但膾炙人口，而且將成為傳奇。

但是有傳聞說，真正的幕後功臣其實是8C的沈揚。

甚至有人繪聲繪影地說，王瑜仁本來已退出球隊，但是受到沈揚的挑戰，兩人去打擊練習場對決五球，結果沈揚多轟了一支全壘打，甘拜下風的王瑜仁同意重回球隊效力。

雖說沈揚這個轉學生才剛從T市搬到這裡來，但既然能打敗王瑜仁，絕非泛泛之輩，想必棒球隊應該會馬上挖角。

還有馬路消息說，沈揚是個媲美福爾摩斯的小偵探，任何遭竊或遺失的東西，他都有辦法找出來。

這麼厲害的角色，身為校刊記者的葛瑞民，當然要一睹廬山真面目。可惜跟蹤了一天，他略感失望。

說身高，沈揚並不突出，論長相，沈揚也並非潘安再世，他和一般國中生其實沒兩樣，唯一不同的是氣質。他總是獨來獨往，大半的時間都自己一個人。偶爾會有人過去跟他攀談，但他的態度既不熱絡，也不算冷淡。他跟別人的互動模式大致如此：有人拍拍沈揚的肩膀，然後講了幾句話，沈揚的反應可能是點了頭，也可能搖頭，接著嘴脣動了一下，沒多久兩人便分開了。葛瑞民不禁想像，沈揚的周遭是否有層結界，導致靠近他的人無法久留，甚至難以深談。

唯一的例外是田欣。這位號稱「冷面判官」的8C班長和沈揚迎面相逢，兩人大概講了一分鐘的話，沒有肢體接觸，也沒有表露情緒。儘管時間不長，但是和其他人相較之下，已經算是天長地久。談話過程中，這兩個人始終面無表情，但是葛瑞民感覺得出來周遭的氣氛不太一樣，彷彿有

人在旁噴灑了帶有迷濛效果的乾冰，只不過這層薄霧透著淡淡的粉紅色。

葛瑞民感到納悶。如果這傢伙正如傳聞中那麼厲害，既是贏球的大功臣，又是天才小偵探，那麼按理說，他應該會表現出不可一世的模樣，要不然也會帶著沾沾自喜的神情。可是並沒有。他反而一副超然淡定的表情，彷彿置身事外，周遭的一切都與他無關。

沈揚究竟是什麼樣的人？他腦袋裡到底在想什麼？

葛瑞民無法克制自己的好奇心。一到下課時間，他都盡量找機會去跟拍沈揚。他一定要寫篇文章，詳實報導這個轉學生，讓全校師生認識真正的他。沒錯，身為記者，揭發真相就是他的使命。但這一兩天下來，結果卻是乏善可陳。

十二點三十分。中午休息時間，他跟蹤沈揚來到活動中心附近，只看見沈揚拿出手機接了電話，表情專注，居然二十秒不到就斷線。看來這傢伙連講電話都惜字如金。接著，他發現棒球隊的陳賓走向沈揚。咦，說不定會有搞頭。他悄悄移向牆角的另一邊，這個位置處於視線上的死角，看不到人卻聽得見聲音。

「兄弟，上星期天的比賽，多虧你幫忙。」

先開口的人是陳賓。稱兄道弟的口氣，似乎和對方交情不錯。

「沒什麼。」

「王瑜仁已經跟我們說了，他對你的評價非常高。」

「謝了。」

這是什麼回答？一副言不由衷的口氣。葛瑞民看不見他們的表情，但是他相信陳賓一定覺得自己被潑了一桶冷水。

「我想介紹棒球隊的人給你認識。」

葛瑞民心想，這意思是要邀他加入球隊吧。

「沒這個必要。」

「可是大家都想認識你，並當面向你道謝。」

「不用了。」

接著，葛瑞民聽見輕微一聲「嘶——」。他探頭一看，原來沈揚正要跨步走開，卻被陳賓一把抓住衣角。

「出外靠朋友，」陳賓說：「你才剛搬來這裡，能多認識一些人，對你有益無害。」

「謝了。目前沒這個需要。」

「為什麼？」陳賓的口氣顯得大惑不解，「棒球隊在學校很有勢力，很多人都想與我們交朋友。」

「交朋友要靠緣分，」沈揚說道：「我喜歡隨緣。」

陳賓碰了釘子，頓時啞口無言。他眼巴巴地看著沈揚走開。沈揚才往前走沒幾步，隨即又被三個人攔下來。葛瑞民認識這幾個半路殺出來的程咬金，三人都是棒球隊的成員：九年級的徐御城、八年級的謝銀龍和林書勝，他們全是球隊的主力球員。謝銀龍是現任隊長，林書勝是王牌投手，徐御城已經不在隊上，但他是上任隊長。瞧他帶著金邊眼鏡的斯文模樣，很難想像他是個重砲型的打擊悍將。

「聽說你這個人孤傲難搞，看來果然名不虛傳。」

徐御城一開口就不留情面。沈揚沒吭聲，反而是陳賓跳出來緩頰。

「學長，沈揚不是難搞，他只是不喜歡與人交際。」

「場面話就不用多說了，」徐御城說道：「現在是中午休息時間，借用你十五分鐘就好，我們去福利社聊一聊。」

這三個人各站一邊，有意無意地堵住沈揚的去路，後面剛好又有陳賓，顯然是無路可退了。沈揚會做何反應？硬是突圍而出？還是乖乖就範？葛瑞民不禁一顆心怦怦地亂跳。

「帶路吧。」

沈揚的回應就這三個字。

「你沒去過福利社？」林書勝問道。

沈揚搖搖頭。

三人互看一眼。徐御城讓到一旁，做了個請的手勢，隨即率先往前走。

在葛瑞民眼裡，沈揚雖然不是被挾持而去，卻也是不得已的決定。但是他泰然自若的神情，反讓身邊四人像是貼身護衛，而非強勢的邀請者。他們到底要聊什麼？這下子有好戲可看了，葛瑞民決定跟上去一探究竟，說不定可以挖到吸睛勁爆的頭條新聞。

2

十二點四十分。

福利社就跟教室一樣大。櫃台靠近右側牆，靠牆的儲物櫃堆放了各式各樣的飲料和零食。其餘空間擺了六張圓桌。服務人員是個臉頰紅潤、身材福泰，看似四十來歲的阿姨。

棒球隊一行人進入福利社，馬上引來眾人目光。現在是午餐過後的休息時間，現場座無虛席。徐御城直接走向離櫃台最遠的那張大圓桌，對正在閒聊的兩個學生說：「麻煩讓一讓，我們要借用這張桌子。」

那兩個學生聊得正興高采烈，突然被打斷而一時愣住。謝銀龍看他們沒反應過來，索性輕拍桌子，然後兩手一擺做出趕人的手勢。位置終於是空了出來，但正要落坐時，卻發現少了兩張椅子。林書勝到隔壁桌打算搬走兩張椅子，但是那一桌的三名女學生還嘰嘰喳喳地想跟本校的王牌投手要簽名，卻被瞪了一眼而覺得無趣，隨後也離席快閃。

徐御城背對牆壁而坐，從他的角度看出去，整間福利社都在他的視線之中。在刻意的安排下，沈揚與徐御城隔桌對坐。

「棒球隊的確很夠力，」沈揚說道：「原來福利社是你們的地盤。」

陳賓聽出這話有嘲諷之意，連忙澄清：「你誤會了，我們沒有……」

他還沒把話說完，徐御城就用眼神示意他閉嘴。

「我們需要你幫忙。」徐御城挑明了說。

「我幫不了你們的忙。」

「你連問都沒問就拒絕我。」

「我在這裡人生地不熟，沒人脈也沒權勢，應該是幫不上忙。」

「你來這裡不到一個星期的時間，先是幫了陳賓，然後又幫了王瑜仁。

我相信你跟我們棒球隊有某種緣分。」

「是嗎？我看不出來。」

「再幫我們一次吧，」徐御城雙手放在桌上，傾身向前說：「你就好人幫到底。」

「我不是什麼爛好人，」沈揚不為所動地說：「幫陳賓和王瑜仁只是歪打正著罷了。」

一陣沉默蔓延開來。徐御城目不轉睛地瞪著沈揚，最後嘆了口氣，身體往後靠向椅背，雙臂環胸。

「要再逼你一次歪打正著應該並不難。」

「是嗎？」沈揚若無其事地問：「你打算怎麼做？」

此時突然「砰！」的一聲巨響，謝銀龍和林書勝同時跳起來。

「各位同學，拍謝啦，嚇到你們了，」櫃台阿姨邊搖手邊說：「新的咖啡機很不好用，會發出爆炸聲啦。」

「莫名其妙，幹嘛進一台咖啡機，只許老師喝，不許學生買。」徐御城說道。

沈揚突然感到背後有風。他正要回頭，卻發現眼前的四個人都露出錯愕的表情。

「劉剛健，你幹嘛？我們棒球隊在談正事。」徐御城先發制人。

不用回頭也知道，那是劉剛健閃身過來時掀起的一陣風。

「沈揚不是棒球隊的人，他是8C的同學。你們想要幹嘛？」

劉剛健才國二就有一八〇公分高，在全校師生中可說是鶴立雞群，加上他體格壯碩，棒球隊的人到了他面前，也顯得畏懼三分。在場四名球員一語不發，只有沈揚扭過頭來，劉剛健乾脆問他：「他們有沒有對你怎樣？」

「別緊張，」沈揚說：「他們只是想請我喝奶茶。」

「奶茶呢？」劉剛健瞄了桌上一眼。

四名球員你看我、我看你，最後是林書勝起身去櫃台買奶茶。

「沒想到本校的王牌投手原來是跑腿的。」劉剛健看著林書勝的背影，出言譏誚。

「沒想到本校的第一長人當起人家的保鑣了。」徐御城也反脣相譏。

「啪！」只見劉剛健一巴掌重重地落在桌上。現場的同學們不知道發生什麼事，紛紛投以異樣的眼光。沈揚站起來打圓場。

「沒事，」他對劉剛健說：「你先回去班上吧，我們應該很快就談完了。」

此時，林書勝剛好走回來，在沈揚面前放了一瓶奶茶飲料，然後回自己座位坐下。

「只買一瓶？」劉剛健鄙夷地說：「懂不懂待客之道啊？」

「你又沒說你要喝。」林書勝小聲回嘴。

劉剛健用充滿敵意的目光掃視四人，然後指著沈揚說：「這傢伙不是我的朋友，但是誰敢動他一根寒毛，我一定加倍奉還。」

話一說完，他隨即大搖大擺地離開。徐御城忍不住虧了一句：「不是朋友，卻要為你強出頭，你們的關係還真奇怪。」

沈揚不以為意，拿起奶茶喝了一口，抬起左手看了手錶一眼。

「十五分鐘到了，謝謝各位的招待。」

沒等他跨出腳步，徐御城搶著說話。

「等一下，再五分鐘就好，」他說：「你只要聽我說，不必做任何承諾。」

沈揚和徐御城四目相視，似乎在對方眼中看到了鄭重請託之意。於是他選擇坐回椅子上。

「你們班導是棒球隊的指導老師，你知道原因嗎？」

沈揚搖頭。

「前任指導老師是杜老師的親哥哥，你知道嗎？」

沈揚依然搖頭。

「她哥哥是怎麼死的，你知道嗎？」

還是搖頭。

「這幾件事都有連帶關係，也跟我們要你找的東西有關。前任指導老師的死，可能是一場……」

沈揚舉手制止他。

「在繼續往下說之前，我建議你最好先確認四周環境……」

「四周環境？」徐御城皺起眉頭。

「並且再想一想，你要說的內容能否曝光……」

四名棒球隊員彼此面面相覷。

「什麼意思？」

「以免被人錄影留底。」

謝銀龍立刻起身，腦袋瓜像手搖鼓似地左右張望，屁股下的椅子「碰！」一聲向後倒地。

「是誰在錄影？」

「不用找了，」沈揚拇指往後一比，「人就在我的後方。」

除了沈揚以外，眾人的視線全都投向他的後方。原本沒人坐的圓桌，不知何時來了一名客人。此人坐姿端正，戴著運動帽，帽沿壓得很低，幾乎遮住整張臉，身旁的椅子上放了一個手提袋，桌上擺了一本攤開來的書，似乎看得很入神。

「把帽子脫掉。」

謝銀龍大步走到那人前面，但不知這位同學是過於專注，還是睡著了，居然全無反應。

可惡，怎麼會穿幫呢？他完全摸不著頭緒。

趁著全校第一長人過來攪局時，他偷偷溜了進來，剛好隔壁桌有空位，於是迅速將準備好的道具和鏡頭就定位，然後啟動電源。在前任隊長徐御城正要說出重要關鍵時，卻被沈揚硬生生打斷。

可惜機會稍縱即逝。如今謝銀龍已兵臨城下，看來是賴不掉了。算了，他把桌上的書闔起來，摘掉運動帽。

「是你啊，」謝銀龍說道：「校刊社的葛瑞民。」

「嗨，棒球隊的第四棒強打者，」葛瑞民以略帶調侃的口氣說：「恭喜你們贏了上一場比賽，不過你三次上場打擊零表現實在很難看。」

2
8
5

「贏球才是重點，」徐御城為學弟護航，「個人單場的成績並不重要。」

「學長幫學弟出面緩頰，你們球隊真的很有向心力。」

「這不算什麼新聞吧，哪能勞駕校刊社的大記者來此埋伏？」

「棒球隊的主將和新來的智多星私下開會，這絕對是轟動校園的大新聞，」葛瑞民停頓了一下，「難不成你們已經達成協議，正在為下一場比賽擬定作戰計畫？」

沈揚轉身說道：「我跟棒球隊沒有任何瓜葛。」

葛瑞民轉而面向沈揚，正襟危坐地說：「我是葛瑞民，初次見面，請多指教。」

「我們是初次交談，但應該不算初次見面吧？」沈揚說道：「過去這一兩天，你不是一直在跟蹤我？」

「你知道啊？」

沈揚聳聳肩。

「你剛才是第一次轉身回頭？」

沈揚點點頭。

「那你怎麼知道我在錄影？」

葛瑞民身旁的椅子上擱著一個手提袋。沈揚伸手指著它。

「你進來的時候，我就看到你提的袋子拉鍊沒拉到底，露出一小截隙縫。」

「那又怎樣？憑這拉鏈的一截隙縫，你就知道我在錄影？」

「另外還有一條線索，」沈揚指著徐御城的臉龐，「徐隊長的眼鏡恰巧正對著你袋子開口的隙縫。我坐在他前方，看見他的鏡片上面有紅光閃爍的倒影。」

「真的假的？」陳賓不敢置信地脫口而出。

「只有閃了一下而已，」沈揚坦承相告，「但足以讓人聯想到是不是有儀器在運作中。」

「太不可思議了，就憑這些看似不相干的小細節，你就推斷出我在錄影？」

「不是推斷，只是懷疑罷了。」沈揚淡淡地說。

謝銀龍拿起椅子上的手提袋，拉開拉鍊，取出裡面的小型攝影機。

「這玩意兒要怎麼打開？」

他東摸西碰，似乎不得要領，打不開攝影機側邊的蓋子。

「你別亂弄。」葛瑞民趕緊起身，伸手要奪回攝影機。「這是校刊社的公物，你們無權帶走。」

「別緊張，」徐御城老神在在地說：「我們只要裡面的記憶卡。」

「我沒拍到什麼有用的東西，你們不能拿走記憶卡。」

「你們這些記者講的話能信嗎？你說沒拍到什麼畫面，搞不好明天登出來的頭條新聞就有我們的照片。」

葛瑞民與謝銀龍動手拉拉扯扯，突然噹啷一聲，攝影機摔落在地。

「完了，」葛瑞民彎下腰來，撿起攝影機察看，「鏡頭破了，電源開關也壞了。」

他站起來，瞪眼怒視其他人。

「你們一個都別想走，我要向生教組告發你們！」他怒道：「沈揚，你要當我的目擊證人。」

有完沒完啊？沈揚心想，原本只是出來上個廁所，結果先被搭訕、攀談，接著來到福利社，然後又得去什麼生教組。到底什麼時候才能擺脫這些人？人怕出名豬怕肥，這句話說得對極了。

3

下午一點鐘。

離開福利社，直走幾步路之後左轉，左側的第一間辦公室便是生教組。沈揚頗感意外，沒想到被處分訓誡的地方離放鬆享樂之處這麼近。

這間辦公室給他的第一印象是安靜，彷彿說話太大聲是禁忌。生教組長是個大叔並不奇怪，奇怪的是他懷裡有個紅色包巾。他起身招手叫大家進在，卻沒有蚊蟲拍翅擾人的嗡嗡聲。

「最好給小北鼻多聽古典音樂。」趙組長輕聲說道，像是樂團指揮似的擺動雙手。「你們也可以聽聽看，療癒效果很棒哦。」

接著，他不斷比劃的右手停了下來，指著葛瑞民。

「看得出來你一肚子火，先聽聽你怎麼說。」

校刊記者抱怨他的攝影機受到粗魯暴虐的對待，而棒球隊員也一再打岔，指責對方用偷拍的方式侵犯他們的隱私權。在兩造各據一詞的爭吵中，趙組長的雙手如波浪般舒緩起伏，像在安撫眾人益發浮躁的情緒。期間他曾兩度躡手躡腳進入內室察看，彷彿很擔心小嬰兒會被吵醒。沈揚始終閉著眼睛，貌似聆聽音樂，但也可能在閉目養神，總之一副事不關己的模樣。

「夠了。」趙組長右手握拳往前一收，宛若劃下休止符。「你們一邊不滿被偷拍，另一邊認為針對公眾利益的拍攝採訪工作責無旁貸。依我看，你們雙方就像在搶籃板，基本上這是合理的衝突，只不過運氣不佳，雙方都沒有保護好籃板球，結果讓攝影機掉在地上摔壞了。」

他一個轉身，像魔術師一樣從壁櫥裡變出一台攝影機，遞給了葛瑞民。

「哇，」葛瑞民接手一看，不禁讚道：「全新的機型，最炫的配備。」

「這台攝影機就給你用吧，」趙組長笑道：「至於棒球隊的同學，你們的反應算是自衛，所以不必賠償。這件事到此為止，雙方算是和解了。」

趙組長神來一筆的處理方式引得兩邊你看我、我看你，似乎不知該做何回應。

「還等什麼？可以回教室了。」

趙組長雙手往門口一揮，頗有送客之意。眾人紛紛起身走向門口，沈揚也睜開雙眼，伸手握住門把。

「沈揚同學，請留步。」趙組長說道：「葛瑞民同學，你也稍等一下。」

等棒球隊員離開，房門重新關上，葛瑞民露出無奈的表情，一屁股重重地坐下來。沈揚仍然站在原地不動。

「想請兩位幫個忙，」趙組長一轉身，紅包巾又回到懷裡，他右手拿著奶瓶說：「放學後去高教授那邊走一趟。」

「高教授？」葛瑞民問道：「你是說那位收藏很多書籍、學問很豐富的高教授？」

門外突然響起砰的一聲，害葛瑞民嚇了一跳。沈揚推測，應該是隔壁福利社那台咖啡機的氣爆聲。

「沒事沒事，不怕不怕。」趙組長以慈愛的眼神看著紅包巾，手中的奶瓶輕柔地往包巾裡送。「沒錯，就是他。他要捐贈一批書給學校的圖書室。因為數量太多，我需要你們去幫他分類整理。」

「為什麼是我們？這根本是變相的處罰。」

聽到葛瑞民的話，趙組長的眼神突然變得很銳利。

「千萬不要這麼想。」他講話的音量不大，卻隱約有恫嚇之意。「我之所以要你去，那是因為你可以用校刊社記者的身分採訪他，拍幾張照片，寫篇退休老師的報導文章。」

他轉身面向沈揚，手裡的奶瓶像是被包巾裡的某樣東西吸住不動。

「沈揚同學，我希望你可以多認識一些人，了解這裡居民的生活型態。

如果你喜歡看書，那更是一舉兩得。高教授家裡的藏書多到好比一座圖書館。不要覺得這是處罰，我是在幫你製造機會……」

「我去。」

「你……你願意去？」

他舌頭突然打結，沒料到沈揚這麼乾脆就答應。

「時間和地點呢？」

「你們課後不用留校打掃，三點五十分在校門口集合。我把地址抄給你們……」

「抄給記者同學就行了，到時候我跟他一起行動。」沈揚伸手放在門把上。「我可以走了嗎？」

趙組長點點頭，還沒來得及交代幾句，沈揚已經奪門而出。

「什麼事這麼急？」趙組長說道。

「怪了，」葛瑞民也是一頭霧水，「這傢伙怎麼突然變得很好講話。」

4

下午兩點二十分。

「高教授？」盧振東說道：「你說哪位高教授？」

趁著下課時間，沈揚向後座的盧振東打聽消息。

「鎮上有幾位高教授？」沈揚不答反問。

盧振東閉起眼睛，偏著頭，十隻手指放在腦門上敲啊敲，彷彿在敲鍵盤似的。接著他睜開雙眼，像是找到需要的資料。

「莫非是那位藏書很多、學問很豐富的高教授？」

「你的說法和葛瑞民一模一樣。」

「葛瑞民有說他是青田國中的退休老師？」

「沒有。」

「葛瑞民有說他收藏了幾幅奇特的彩畫？」

沈揚搖頭。

「簡單說，他是個怪咖。」

根據盧振東的情報指出，高教授本名高楠斌，現年五十八歲，十年前退休了，之前都在青田國中任教。據說他有過目不忘的好本事，只要讀過的書，內容全都記在腦子裡，因而得到「教授」的稱號。他家裡的藏書多到媲美圖書館，可是從不外借，也不讓人參觀，許多人覺得他很怪。

「應該有人試著闖入他家一探究竟吧？」

「那倒沒有。」盧振東眨了眨眼皮，大概在瞇眼微笑。「再怎麼稀奇的書，不過就是一本書嘛，沒有人會為了看他的藏書鋌而走險。」

「趙組長說他要捐贈一批書給學校的圖書室。」

「原來如此，」盧振東點點頭，「傳聞高教授找人設計了一間真正的圖書館，要把家裡的藏書搬過去。也許是情況所需，他決定把一些適合青少年的讀物捐出來。」

沈揚沉思片刻，再開口時已經換了個話題：「高教授也畫畫？」

盧振東搖搖頭。

「他不畫，只收藏。」他的口氣變得嚴肅起來，「看過他家彩畫的人並不多，據說畫風相當詭異，看了令人寒毛直豎，謠傳最後一個看過畫的人下場很慘。」

「有多慘？」

「那個人自殺了。」

「自殺？」

盧振東右手舉高，食指和中指朝下，其它三指蜷縮，然後整隻手往下掉。

「跳樓自殺，」他的右手咚地一聲撞擊桌面，「死相很悽慘。」

沈揚突然心跳加快，腦海裡浮現血肉模糊的景象。

「難道沒有人被勾起好奇心，想去瞧一瞧那些彩畫？」

「這種人少之又少，」盧振東好奇地看著沈揚，「你在說你自己嗎？」

沈揚深吸一口氣，穩住自己的情緒。

「對了，我忘了你的好奇心早就被狗吃掉了。」盧振東扮了鬼臉。「傳聞那幾幅畫受到詛咒。我想，會拿自己生命開玩笑的人絕對不多。」

「你呢？」沈揚問道：「身為情報販子，你不是應該去看看那些彩畫，辨別傳聞的真假？」

盧振東以認真的眼神看著沈揚，伸手搭在他肩膀上。

「我們是朋友吧？」

沈揚沒接腔。

「不必否認了，我們的交情是鐵錚錚的事實。」盧振東說：「這次校方派你去高教授家整理書籍，你就有正當藉口可以進出他家。有機會的話，幫我看看那幾幅畫，或是偷拍幾張照片回來，我不會虧待你的。」

沈揚還來不及回話，盧振東又說：「萬一你慘遭不測，放心吧，我會幫你照顧田欣。」

真是令人哭笑不得。這傢伙真正的目標到底是那幾幅彩畫，還是田欣？

下午三點五十分。

的笑容吸引而來。

「很賞心悅目的畫面吧。」葛瑞民讚嘆道。

「該走了。」沈揚冷淡的語氣當場澆了他一桶冷水。

「再等一下，」葛瑞民說：「校園美少女的生活剪影是很棒的賣點。為了看美少女，大家會願意閱覽校刊，校刊的收藏價值也跟著水漲船高。」

「校刊要編得像寫真集才會有人看嗎？」

這下葛瑞民終於放下攝影機，氣呼呼地瞪著沈揚。

「你這個人真是難搞，」他說道：「前一刻還百般推託，下一刻卻爽快答應，現在又是冷言冷語。」

「聽不懂你在說什麼。」

「同學找你幫忙，你當場拒絕。老師要你出公差，你二話不說就答應。你這叫做欺善怕惡。」

「惡？你說趙組長是惡人？」

「我這是在打比方。他不見得是惡人，只是生教組的人若要找你碴，那你可就麻煩了。」

「趙組長是不是惡人我不曉得，但他一定是個怪人。」

「什麼意思？」

「他的舉動很奇怪。」

「哪裡怪？」

沈揚突然把背包抱在懷裡，低頭看著它。葛瑞民正要罵他搞什麼鬼，見他這副模樣，頓時恍然大悟。

「哦，你是指他抱著嬰兒餵奶啊，」他說道：「這沒什麼好奇怪吧。這年頭不是流行新好男人？」

「如果他真的有抱嬰兒的話。」

「喂，眼見為憑這四個字沒聽過嗎？你沒看到趙組長一邊跟我們講話，一邊忙進忙出照顧小嬰孩，後來還把嬰兒抱出來餵奶？」

「你是哪隻眼睛看到小嬰孩？」

「你眼睛瞎了是不是？」葛瑞民動了氣，「我兩隻眼睛都看到了。」

「我只看到紅色包巾。」沈揚淡淡地說。

「你只……」

葛瑞民突然閉嘴。

「你有聽到小嬰孩的哭聲嗎？」沈揚問道。

葛瑞民想了一下。

「沒有。可能在睡覺吧。」

「我也沒有。既然如此，趙老師為何三番兩次進去察看？」

「也許有哭過吧。可能內室的隔音效果很好。」

沈揚點點頭。

「或許吧，」他停頓了一下，「我們在那裡待了大概二十幾分鐘。那段時間有我們的講話聲，有椅腳磨擦地板尖銳的聲音，還有外面響起的氣爆聲，但就是沒有小嬰兒的哭聲。」

「呃……可能睡得很熟吧。」葛瑞民的語氣顯得心虛。

「老師自己也說，這個小嬰兒很容易驚醒。」

「這個嘛……」

葛瑞民答不上來了。

「我再問你，」沈揚繼續追問：「你有聽到嬰兒吸奶水的聲音嗎？」

葛瑞民愣住了。

「此外，老師手中奶瓶的奶水量似乎沒有減少。」

「怎麼可能！」葛瑞民非常驚訝。

「高度決定視野，」沈揚的右手一橫，然後往上舉高，「你一直坐著，而我一直站著。」

「你是說，」葛瑞民差點喘不過氣來，「你是說老師……老師根本沒抱小嬰孩？」

「我可沒這麼說。」沈揚的氣定神閒，和葛瑞民的口吃形成強烈對比。「就事論事，我看見紅包巾，也看到老師拿著奶瓶往裡塞，但我不確定包巾裡面有什麼。如果你告訴我那是小嬰孩，我會強烈懷疑。」

「老師幹嘛演這齣戲給我們看？」葛瑞民近乎嘶吼。

「這你要去問當事人。」

葛瑞民拔腿就跑，把沈揚拋在身後。他不明白自己為何情緒激動，也不知道自己在逃避什麼：是想逃避惹人厭的沈揚，還是想逃避難以面對的真相。

5

下午四點十分。

高教授的住宅離學校不遠，走路不用十分鐘就到了。從大馬路轉進巷子，直走到底再右轉，便可看到巷底有棟三層樓的紅磚建築。兩人直接走向大門。雖然門前沒有階梯，可是門廊相當寬敞。葛瑞民按了門鈴，前來應門的是個中年婦人。

「進來吧。」

她率先往裡面走，兩名男學生尾隨其後，大門自動關上。

「請問阿姨，」葛瑞民問道：「我可以採訪高教授嗎？」

只見婦人原本表情凝重的嘴角慢慢露出一絲笑意。

「大家都叫我李管家，這還是第一次有人稱呼我阿姨。」她指著葛瑞民掛在肩膀上的攝影機說：「可以採訪，也可以拍照。不過高教授今天很忙，等一下會有三個客人來找他。你要盡量把握機會。」

李管家繼續帶路往前走。從外頭看，這棟房子並不小，室內的格局卻很怪。進入正門之後，只有一條走廊直通到底，兩邊是灰白的牆壁，左牆居中之處有個沒設房門的空間，門框上釘著「休息室」的牌子；對面的右牆也有個沒門的房間，門框的牌子上寫著「靜坐室」三個字，室內烏漆嘛黑不見光明，看來是讓人靜心冥想的地方。來到走廊盡頭，右轉通道可接閱覽室，左轉通道直達高教授的辦公室，正前方是可上二、三樓的螺旋樓梯。

「聽清楚了，這座樓梯絕對不能上去，」李管家轉身說道：「你們要整理的書都放在閱覽室。」

她背對樓梯，伸手往側邊一比。

「想採訪高教授要趁現在，待會兒就沒空了。」

「請阿姨帶路。」葛瑞民恭敬地說。

兩名學生在樓梯前面分道揚鑣。葛瑞民跟著李管家進入高教授的辦公室，沈揚自行走向閱覽室。來到門口一看，這間閱覽室比一般房間大，格局方正，和靜坐室一樣沒有房門，室內倒是燈火通明，四壁皆是高及天花板的書櫃，四個牆角各擺了一張太師椅，顯然是給人坐著看書用的。然而對青少年沈揚而言，擺著好看的太師椅坐起來一點也不舒服。

室內另外並排了四座高度及胸的長型立櫃，裡面也陳列了許多書籍。沈揚穿梭其間，不禁嘖嘖稱奇，感覺真的就像置身於圖書館一樣。他粗略算了一下，這間閱覽室約莫有五、六千本書。如果二、三樓的空間都是用來藏書，數量絕對非常驚人。

他環顧四周，門框上方有面圓鐘，上面指出現在的時間是四點十五分。

他心想，趕快開工，時間有限。

雖然閱覽室的藏書均可捐贈給學校，但是學校並沒有這麼大的空間來收納，只能選擇性地挑書，所以還是以適合青少年閱讀的書種為優先考慮。沈揚先排除財經類的書，商業理財的書種可以上大學再讀。他也跳掉食譜、宗教、學術類的書籍，這些書拿給青少年讀，恐怕會有看沒懂。沈揚私心揣測，有療癒效果的勵志小說，或是和人文、歷史、科普、哲普相關的書種，應該是這次分類整理工作的首選。

沈揚從書櫃裡逐一挑書，並迅速瀏覽內容。不管抽了什麼書出來，他發現書況都很好。翻到版權頁一看，閱覽室裡的書都是近二十年內的出版品，完全沒有二十年前的著作。

這是某種巧合嗎？

他喜歡看書。閱讀可以讓他放鬆。這裡的氣氛寧靜祥和，沒有嘈雜聲，也沒有閒雜人等出入。他坐在立櫃旁邊的小板凳，不知不覺沉浸書海，陶醉於閱讀的饗宴。

直到尖叫聲響起為止。

「不見了！不見了！」

外面有人歇斯底里地大叫。聽聲音應該是李管家在喊叫。

他轉身看向門口。圓鐘顯示五點二十分。這麼快，不知不覺就過了一個鐘頭。這時候李管家出現在門口。她衝進閱覽室繞了一圈，一邊東張西望一邊問沈揚：「剛才有人進來過嗎？」

「沒有。」

「你有出去過嗎？」

「沒有。」

李管家面露驚慌，宛若熱鍋上的螞蟻走來走去，然後又衝出閱覽室。不管出了什麼事，沈揚覺得自己最好待在原地不動，於是繼續閱讀手上的《鋼穴》。

快五點半的時候，外面隱約傳來交談聲。說不定是警察來了。沈揚心裡才閃過這個念頭，門口隨即出現一道人影。他放下手中的書，抬頭一看，眼前是位身穿灰襯衫和卡其褲的中年男子，肥胖中廣的身材讓人聯想起彌勒佛。

「你一直坐在這裡？」來者以低沉的嗓音問道。

沈揚點頭。

「知不知道外面發生了什麼事？」

沈揚搖頭。

「你不好奇嗎？」

「反正有人會告訴我怎麼回事，對吧，警察先生。」

胖男子哈哈大笑。

「你這小孩很厲害嘛，猜得出我是警察。」

「這並不難猜，」沈揚說：「你的鞋子有很多皺摺，想必你的工作時常需要跑動。」

「說不定我是業務員哦，」肥胖中廣的中年男子說：「何況以我的身材來看，很多人以為我是餐廳老闆。」

「餐廳老闆沒必要來這裡，」沈揚說：「李管家的慌張舉動，意味著屋子裡出了狀況；再加上高教授在鎮上的地位似乎很重要，因此這麼快就趕到現場的人，是警察的機率應該不低。」

胖男子點點頭，走到沈揚面前。

「我是青田分局的小隊長宋銘凱。聽管家說，你是青田國中的學生？」

沈揚點頭。

「名字是？」

「沈揚。」

「哦——」宋銘凱拉長尾音，「我聽過你的名字。你是一週前識破手套劫盜案的國中生。」

沈揚面無表情，不發一語。宋銘凱環顧周遭，看見地上堆了好幾疊書。

「這些書你都看過了？」他指著一、兩百本書問道。

「大致瀏覽過。」

「很厲害嘛。聽李管家說你在這裡只待了一個多鐘頭。換成是我，一本都沒看完就夢周公去了。」

「能在書堆裡睡著，也是一種幸福。」

宋銘凱笑咪咪的表情頓時消失。

「十天內上警察局兩次，這算不算是一種幸福？」

「不管外面出了什麼事情，」沈揚說：「我一直待在閱覽室。」

「口說無憑，」宋銘凱說：「我們還是要請你到警局進行偵訊和做筆錄。在查出真相之前，現場的每個人都有嫌疑。」

「要在警局待多久？」

「這就難說了，」宋銘凱摸著下巴，一臉沉思，「少說也要待到八點吧。」

「不行，」沈揚口氣堅決，「我必須在七點半以前回到家。」

「這我就無法通融了。」

宋銘凱再度展露笑容。

「除非……」

「除非怎樣？」

「我可以給你一個機會，讓你發揮你的偵探才華。」

「機會？」

「屋主收藏了三幅畫，其中一幅不見了。」

沈揚直視宋銘凱的眼睛。他站起來，走到立櫃的另一邊，搬起另一張板凳，走回來放下它，自己先落坐，再伸手請宋銘凱坐下。

「我有多少時間？」

宋銘凱看了手錶一眼，很為難地蹲下來坐在板凳上。

「期限是七點半。如果沒查出真相，請自行來警局報到。八點鐘人沒到，我們就會發出通緝令……」他停頓了一下。「這代表你若在約定的時間無法解開案情，基於宵禁的緣故，今晚就得在警局過夜了。」

他再次露出彌勒佛般的笑容。

「願意接受挑戰嗎？」

沈揚望著門框上的圓鐘。五點四十分。

「我能說不嗎？」

6

沈揚走出高家大門，馬上撥了葛瑞民的手機。幸好有留他的手機號碼。鈴聲響了五聲才接起來。

「喂？」

「我是沈揚，請你把剛才在高教授家拍到的影片傳給我。」

「怎麼了？幹嘛傳給你？」

「說來話長。我必須爭取時間，以後再跟你解釋。」

葛瑞民遲疑了一下。

「好，我馬上傳給你，」他說道：「如果這裡面有什麼新聞點，之後你得一五一十地告訴我。」

「一言為定。」

十秒鐘之後，影片檔案傳來了。但沈揚的手機是較陽春的機型，無法開啟這些影像檔。他又打電話請教葛瑞民，他建議沈揚去學校的剪輯室觀看，然而現在時間太晚了，要等到明早九點鐘，剪輯室才會開放。

必須想其他辦法。沈揚撥了盧振東的手機號碼。鈴聲只響一次就被接起。「小謎」盧振東詢問沈揚來電的原因，並弄清楚他所在位置。

「太巧了，」這名情報專家說：「你站在高教授家門口往前看，另一端的巷尾是不是有棟豪宅？那是費文翔的家。」

「費文翔是誰？」

「就是我們班的胖子。」

「啊？」沈揚很難把這個名字跟胖子聯想在一起。

「那傢伙是電腦宅男，他家的３Ｃ設備很先進，可媲美ＦＢＩ。不管是什麼格式的影片，你拿去他家看絕對沒問題。」

沈揚三步併作兩步往另一頭的巷尾跑。費文翔家的豪宅是棟三層樓的歐式建築，外觀上的樑柱、浮雕、鑲嵌玻璃頗有復古的歐風情懷，看起來雖然壯觀，但出現在這個鄉間小鎮卻顯得突兀，彷彿是從歐洲大陸直接搬移過來的成品。

沈揚無暇多想，他步入前廊，按下大門旁邊的門鈴。沒過多久，大門嘰嘰嘎嘎地旋開，門口站了一位約莫七十歲的白髮老翁。

「有什麼事嗎？」

「請問費文翔在嗎？我是他的同學沈揚。」

老翁原本嚴肅的面容立刻堆滿笑容。

「你是少爺的同學啊，」他笑道，「歡迎歡迎，請隨我來。」

沈揚跟著老翁穿過前廳，進入起居室，這裡的裝潢格局與高教授家形成強烈對比。眼前充斥著裝飾性濃厚的家具，不管是吊燈、立燈、窗簾、地毯，或高級原木桌椅，它們的存在全是為了襯托出異國情調；而高教授家只重視生活機能，盡可能把所有空間拿來做最大效益的運用。

「請上二樓。」

老翁帶路來到樓梯口。這座大理石材質的樓梯鋪著紅地毯，沈揚不明白設計的理念是什麼，他只覺得冰冷與熾熱的結合，反而叫人有置身水深火熱的違和感。再加上挑高至少四米，更顯得這座樓梯高聳而讓人卻步。

「如果想搭電梯也可以。」

老翁彷彿看透訪客的心思。沈揚轉念一想，等電梯上下要花的時間可能更長。

「我爬樓梯。」

沈揚登了兩階，突然停下來。

「可以不用陪我上去，」他轉身對老翁說：「只要告訴我費文翔的房間是哪一間就行。」

「說的也是，年輕人等不了我這個老頭子。」老翁陪笑地說：「上到二樓之後向右轉，走廊左側的第二扇門，就是少爺的房間。」

沈揚一口氣衝到二樓的樓梯口。他喘了一口氣，然後往兩側張望。天啊，這裡根本可以當旅館來經營了，走廊兩側各自延伸，每邊至少有五扇門。如果三樓也是同樣的格局，這裡起碼就有二十間房。沈揚心裡暗忖，不曉得胖子的父母從事什麼工作，居然住得起這樣的房子。

他向右轉，來到走廊左側的第二扇門前停步。還沒伸手敲門，房門就自動打開。他第一眼看到的是對邊牆上的大型銀幕，尺寸幾乎和教室的黑板一樣大。銀幕上是兩個幾乎身無寸縷、只靠幾條布遮住三點的美少女，與一群殭屍對打的激戰畫面。刀光劍影和血肉橫飛的影像刺激著視覺感官，震耳欲聾的電音配樂像在敲戰鼓似的，令玩家血脈賁張。坐在超大銀幕前面的玩家正是胖子費文翔，臉上戴著藍色鏡片的護目鏡。由於戰況激烈，他並沒有起身迎接訪客，不過他右前方有面鏡子，剛好反映出胖子的臉。

「稀客啊稀客，請進來坐。」胖子一邊操縱遙控桿，一邊說道。

沈揚走進房間，發現左邊還有第二位玩家：同班同學「瘦子」石金受，戴著同樣的藍色護目鏡。這兩人果然是焦不離孟，孟不離焦。

「嗨，沈揚。」

瘦子也沒轉身，隨口打了聲招呼，仍專注於銀幕上的廝殺惡鬥。

這個房間非常大，長寬比例相當懸殊，沈揚猜想這大概是打通三個房間之後的結果。室內裝潢完全不見復古的歐式風格，所有東西都是現代科技的產物，周遭以ㄇ字型架設了最先進的電腦設備和終端機，椅子是臨場感十足的D-BOX搖動座椅。天花板裝的是LED嵌燈，踩在腳下的地毯應該具備了吸音效果，四面牆壁也絕對加裝了隔音板。

沈揚頓時覺得自己踏入一個截然不同的世界，可是這個虛擬世界的幻象必須立刻中止。他走到銀幕前面。

「費文翔，我需要你幫忙。」

「現在沒空。」胖子不為所動地說。

沈揚動手搶走他手中的遙控桿。

「你這是幹嘛？」胖子怒道。

「我需要借用你的設備來看幾段影片。」

胖子的表情突然變得興致盎然。

「我懂了，」他興高采烈地說：「你在幫別人找東西，對不對？」

「答對了。」

沈揚遞出手機。

「影片檔存在我的手機裡面那棟。趕快放來看。」

「且慢，我有個條件，」胖子說道：「你必須一邊看影片，一邊為我解釋案情。我要向你、向世人證明我也有偵探才華。我可以和你同時看影片，卻早你一步找出真相。」

沈揚往前走了一步。他的手機幾乎抵住胖子的鼻頭。

「我拭目以待。」

胖子啪地關掉遊戲機，銀幕上突然一片漆黑。

「你幹嘛？」瘦子大聲慘叫，「我快要破紀錄了。」

「破紀錄算什麼，」胖子說道：「證明我有偵探才華才重要。」

「至少先存檔再關機嘛。」瘦子還在嘀咕抱怨。

胖子的體型看似笨重，手上功夫卻很靈巧。不到十秒鐘，手機已和他的電腦連線，大型銀幕上出現的畫面，是沈揚在走廊上的背影。

這時手機鈴聲響起。是沈揚的手機在響。他接起來電，聆聽，回話。

「我記得……我知道……」他邊說邊示意暫停播放影片，「我會準時到。」

他切斷電話，請胖子繼續播放。

「女的？」

沈揚點頭。

「是田欣？」

他眉頭輕皺，搖頭，瞄了手錶一眼。傍晚六點鐘。

「別唬弄我。」

「別鬧了，快播放影片。」

「聽說你擊敗了王瑜仁，從今以後，他必須要聽命於你。田欣為了表示感謝，甘願當你的女僕，終身不得違抗你的任何要求。」

「話越傳越離譜了，」沈揚怒斥道：「這是我聽過最荒謬的流言。」

沈揚講話從未這麼大聲，當場把胖子嚇得目瞪口呆。

「別這麼兇嘛，」他觸碰播放鍵，「那你告訴我，銀幕上是什麼地方？」

「高教授的家。」

「那不就是我家的正對面？」胖子說道：「你去那裡幹嘛？」

「高教授有書要捐給學校，生教組長派我去他家整理、選書。」

畫面上顯示的鏡頭方向轉了一百八十度，先是出現葛瑞民的臉部特寫，然後轉向走在前面的李管家。

「這不是葛瑞民？」

「他去採訪高教授。」

胖子碰觸了控制面板上的暫停鍵，銀幕上的影像突然停住。

「你先交代一下事情的前因，這樣我比較容易進入狀況。」

「注意聽了，」沈揚說道：「我只講一遍。」

「對名偵探來說，一遍就夠了。」胖子大言不慚地說。

「最好是啦。」瘦子小聲吐槽。

7

攝影機的鏡頭轉進高教授的辦公室，明亮的燈光，寬敞的空間，靠牆大書櫃，加長型的高級辦公桌。桌上放了幾本書和一台筆記型電腦。這間辦公室等同於一間書房，只不過比一般書房大很多。

「我要把那個李管家挖角過來，」胖子說道：「光靠她一個人，就可以把整個家收拾得這麼乾淨。」

「那是你的問題，」瘦子說道：「誰叫你都不讓你爺爺進來打掃。」

「萬一他弄壞機器怎麼辦？」胖子又說：「你要幫他賠嗎？」

「我哪賠得起啊。」

「那就別亂出餿主意。」

「你這個人真是沒良心，」瘦子開始碎碎念，「這些昂貴的設備是你爸買的，而你爸是你爺爺生的，所以你爸的東西也是你爺爺的……」

沈揚沒理會這對活寶，他專心看著銀幕上的影片，眼前的畫面是高教授正在接受採訪。他坐在辦公桌後面，雙手平擺在桌上，態度平和，對著鏡頭侃侃而談，闡述他對於知識的重視。沈揚必須忍住請胖子快轉影片的衝動。

五分鐘後，門外響起李管家的聲音。

「彭主編到了。」

此時進來一位身材嬌小的女性，年紀約莫三十出頭，戴著銀邊眼鏡，米黃色的褲裝打扮，相當樸素，手上提的深藍色公事包大得驚人。高教授並未起身迎接，女子也不以為意。她看到了攝影機，表情有點慌張。

「高教授，你在接受採訪？」她問道。

「沒關係，我的著作下個月就出版了，現在不用刻意保密。」

「喔，那就好，」她看著鏡頭說：「呃，我是『寶筑文化』的主編彭紹宜，也是高教授新書的責任編輯。」

高教授對著攝影機揮手，像在驅趕蚊蠅似的。於是鏡頭很識相地慢慢轉開，在最後一刻，拍到了彭紹宜從公事包裡拿出一大疊厚厚的紙張……
「那是什麼東西？」胖子說道：「上面寫著密密麻麻的字。該不會是寫給高教授的情書吧？」
「不要滿腦子都在想這種事情好不好？」瘦子語帶譏諷，「男女之間不是只有愛情這種關係。」
「那你說說看，」胖子的口氣不悅，「那疊紙上面寫著什麼內容。」
「應該是……高教授的著作，」瘦子躊躇未決地說：「我猜，那位主編帶著整理好的稿子來給高教授看吧。」
瘦子看著沈揚，希望從他那邊得到認可。沈揚專心盯著銀幕看，對他的猜測置若罔聞。這時鏡頭穿過辦公室的門口，沿著走廊移動，然後在正中央的螺旋樓梯前面停下來。鏡頭逐漸上揚，仰視著整座階梯。
「哇，好氣派的樓梯，跟你家有拚哦！」瘦子讚嘆。
「哼，你去走走看，累都累死了。」胖子不以為然地說。
「呦，有錢人想的果然和我們不一樣。」

鏡頭緩緩沿著扶手往下降，彷彿在拍某人走下階梯似的，然後隨著拍攝者的腳步往走廊的另一端前進，最後停在閱覽室的門口。只見沈揚背對著鏡頭坐在板凳上，低頭正在看書，板凳兩側的地上各自堆了一疊書。鏡頭慢慢拉近，然後聚焦在他的背部左上側，像是瞄準了心臟，但沈揚卻一無所知。

「看得這麼認真，」瘦子說道：「有人走到門口，你居然渾然不覺。」

「拜託，你這個偵探未免也太缺乏警覺性，」胖子接著說：「如果瞄準你的是一把槍，砰地一聲——」

他比了個開槍的動作。

「你鐵定一命嗚呼，去見閻羅王囉。」

像在配合胖子的手勢似的，鏡頭突然一轉，回到了走廊上，先是定住不動，接著畫面陷入一片漆黑。

「怎麼回事？沒電了嗎？」胖子按了暫停鍵問道。

「應該是關機。」瘦子說道。

「葛瑞民幹嘛關機，」胖子轉頭看沈揚，「你知道原因嗎？」

「我那時候在看書。」

「偷畫的人搞不好是葛瑞民。要幹壞事之前先關掉攝影機，免得留下紀錄，對吧？」

「有道理，下手前先關機。」瘦子又變成幫腔一族。

「看完影片再說。」

「哼，你們這些所謂的名偵探，」胖子小聲嘀咕，「就是愛賣關子。」

話剛說完，銀幕突然亮了起來。「開機了。」瘦子叫道。

黑畫面頓時變成了深灰色地毯。鏡頭迅速往上攀升，出現了走廊的影像，接著快速晃動、前進，走廊盡頭便是大門，此時李管家打開門，迎進一名訪客。鏡頭慢慢推進，來客右手抓著手杖大步向前，有種來勢洶洶的感覺。

距離拉近時，畫面中清楚顯現出來客的樣貌。這人是四十歲左右的中年男子，身材中等，體格壯碩，有一頭蓬鬆的鬈髮，臉上戴著黃色鏡片的眼鏡，下巴留著一撮小鬍子，身穿草綠色襯衫和紫色西裝外套，下半身是牛仔褲配白色球鞋，一身打扮頗有華麗又頹廢的時尚感。在經過攝影機時，他以左手的金色公事包揮向鏡頭。砰的一聲，銀幕中的影像先是劇烈搖晃，隨後一陣天旋地轉，陷入一片漆黑。

「這傢伙是誰？這麼囂張，」胖子罵道：「居然把人家的攝影機拍掉。」

「太可惡了，他以為自己……」

瘦子還沒數落完，就被沈揚打斷。

「停格！」

胖子嚇了一跳，但還是依言照辦。他觸碰了按鍵，讓影片停止播放，畫面仍是一片黑幕。

「倒回去一點點。」

胖子微調觸控鍵，黑畫面逐漸浮現三個近似長方形的框框。框架中似乎有線條或某種符碼。

「這是什麼？」瘦子問道。

「我猜是高教授收藏的三幅畫。」沈揚答道。

「這是哪裡？」胖子問道。

「高教授家裡的靜坐室。」

「怎麼會拍到這種畫面？」

「攝影機落地之後，剛好滾進靜坐室，無意間拍到這個畫面。」

「哇！」瘦子說道：「酷喔！這台攝影機有夜視功能。」

「這三幅畫有什麼特別嗎？」

從影像來看，攝影機應該是滾到裡面距離門口不遠處，以略微傾斜的仰角拍到牆上的三幅畫。居中的那幅畫尺寸最大，左側的略小，右側的那幅畫更小，可能只有中間那幅畫的二分之一面積。畫框內的圖案很難辨識。

「據說前一個看過畫的人自殺了。」

胖子急忙轉身迴避，瘦子趕緊摀住眼睛，兩人嚇得直打哆嗦。

「觀世音菩薩保佑，我不想死啊。」

「聖母瑪利亞保佑，我也不當什麼名偵探了。」

胖子往旁邊偷瞄了一眼，發現沈揚文風不動，仍盯著銀幕看。

「你還看，不要命啊！」

「我早就看過了。」沈揚淡淡地說。

時間倒回三十分鐘之前，宋銘凱和沈揚來到靜坐室門口。

「真的要進去？」小隊長宋銘凱問道：「聽說看過彩畫的人會去自殺哦。」

「那你呢？不怕詛咒？」沈揚反問對方。

「怕也沒用，我是承辦本案的警官，一定得親自調查犯罪現場。」

「高教授和李管家都活得好好的，表示就算有詛咒也不見得百分之百靈驗。」

「哼！」宋銘凱低聲罵道：「你這小鬼還想安撫我啊。」

他轉身面朝休息室說：「李管家，麻煩你了。」

五秒鐘過後，原本一片漆黑的靜坐室內突然燈火通明，想必是李管家在對門的休息室啟動了某個開關。沈揚轉頭一看，李管家已經站在休息室門口。

「如果我剛才直接踏進去，會發生什麼事情？」

「警報器會鈴聲大作。」宋銘凱答道。

「高教授進去靜坐時，你也要關掉警報器？」沈揚對著李管家問。

「當然不用，」她冷笑一聲，「在自己家裡，幹嘛搞得像在坐監。」

沈揚站在門口四處查看，猜測門框附近應該裝設了掃描機或感應器之類的設備，結果並沒有，只在地上發現兩處相隔約六十公分的凹陷，印痕很淺，不細看根本不會注意到。他跨入室內，走到房間正中央，隨著宋銘凱走動的方向往左看過去，那面牆上只剩下兩幅畫，居中的那幅畫約莫有三十吋電視螢幕的大小，左側那幅的尺寸稍微小一點，右側雖然空無一物，但是看得出來有塊長方形的框架痕跡，面積只有居中那幅畫的二分之一大，顯然遭竊的畫作原本掛在此處。

「你現在有什麼感覺？」宋銘凱說道：「想用刀？還是吞藥？」

沈揚沒理會對方的話中有話，他仔細端詳著兩幅畫，圓形和方形圖案居多，有的密集在一塊，有的卻分散很開，再加上多條直線和曲線貫穿其中，而且紅橙黃綠藍各種顏色的幾何圖案都有，更是令人看得眼花撩亂。老實說，沈揚不但沒有自殺的衝動，反而很想閉眼休息一下。

「失竊的那幅畫也是同樣畫風？」

宋銘凱點點頭。

「根據李管家的說法，畫風一致，只是尺寸比較小。」

「這些畫的創作者是誰？」

「管家只知道某一天這三幅畫出現在家裡，然後高教授就特別闢出這間靜坐室，把畫掛在裡面。而且為了保護畫作的品質，這個房間幾乎從來不開燈。」

沈揚環顧周遭，一面牆掛了畫，一面牆有門，其它兩面牆什麼都沒有。他暗地尋思，不開燈應該不是為了保護品質，而是為了靜坐時能夠心無旁騖吧。

不曉得高教授從畫作中看出什麼端倪。

8

畫面又是一陣搖晃，三幅長方形框框不見了，接著宛若從黑暗隧道穿出，光線由暗轉亮，鏡頭尾隨李管家和訪客的背影繼續前進。最後李管家停步在辦公室門口，向主人稟告。

「巫大師來了。」

在跟拍影像中，沈揚看見高教授招手示意，桌前的第一位訪客回過頭，第二位訪客則進入辦公室，隨即走到高教授桌前。

「這位是『寶筑文化』的主編彭紹宜小姐，」高教授替雙方介紹，「這位是『天祥設計』的建築師巫紀綱先生。」

彭紹宜起身點頭致意。巫紀綱發現攝影機仍停在門口拍攝，立刻抬頭挺胸，以自傲的口氣說：「本人還是擁有多項專利的發明家，」他拿起手杖，「像是這玩意兒不但可當拐杖，還可以當作測量杖來使用。」

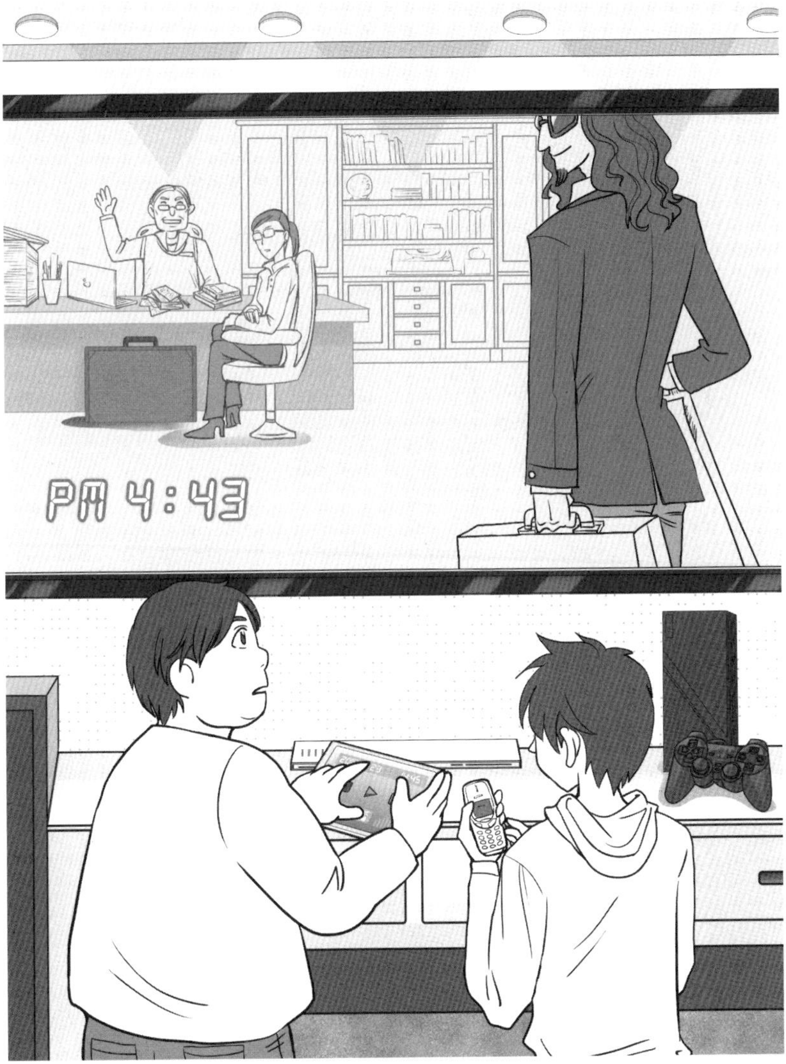
PM 4:43

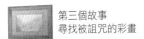

他的拇指輕按了杖柄頂端，手杖末端立即浮現一顆小滑輪。

「滑輪一旦落地，從A處滾到B處，杖柄上面就會顯示兩點之間的直線長度，」他說道：「這是項非常了不起的發明。」

「瞧他說的咧，」胖子評論：「這傢伙還真是自鳴得意。」

只見彭紹宜轉身收拾桌上的文稿，放入超大型的深藍色公事包。

「今天就先這樣，我先回去了。」她對高教授說。

「嗯，就照剛剛討論的修改吧。」高教授作了總結。

她起身離座，狀似吃力地拎著公事包走出辦公室。巫紀綱隨即在桌子的另一側落坐，並從公事包裡拿出幾張畫著線條的白紙。

「那幾張紙是？」瘦子問道。

「高教授未來新家的設計圖吧。」沈揚答道。

「什麼？」胖子驚訝地問：「他要搬去哪裡？」

沈揚沒答話，繼續盯著銀幕看。攝影機現在跟拍的對象換成了彭紹宜，

她沿著走廊前進，接著右轉，走入靜坐室對面的休息室，挑了一張桌子坐

下來，拿出公事包裡的文稿，最後脫掉高跟鞋換上球鞋。

「請問彭主編，」鏡頭裡不見葛瑞民，只聽到他的聲音，「你在做什麼？」

「換上輕便的球鞋，」她對著鏡頭說：「還要把剛才討論的重點整理好，免得一回去就忘光了。」

「請問高教授要出版的新書內容是什麼？」

葛瑞民不愧是記者，逮到機會就挖新聞。

「書的內容是最高機密，暫時不能對外宣布。」

彭主編低頭開始工作，鏡頭停在她專心記錄的畫面上。過了片刻，畫面迴轉，先是停在黑壓壓的靜坐室門口，再轉向走廊盡頭的螺旋樓梯移動，最後又陷入一片漆黑。

「現在是怎樣？」胖子啐道。

「關機。」沈揚說道。

「他利用關機的時候幹嘛？」瘦子問道。

沒人回話。沒人知道答案。

影像重現時，鏡頭直接跳過走廊，直拍大門。李管家伸手去握門把。

「又有訪客了。」瘦子說道。

進門的男子大概四十歲出頭，中規中矩地穿著西裝，腳踩皮鞋，身材瘦長，至少高李管家三個頭。攝影機拍到他頸上掛著名牌，似乎是某公司的業務代表。他看到鏡頭，頓時展露笑容。

「同學你好，我叫做殷秦，請多指教。」

他拿起名牌，舉到鏡頭前面，畫面上出現了「青田房屋」、「殷秦」等字樣。

「這傢伙當房仲太可惜了，」胖子說道：「他至少有一九〇，可以去打職業籃球隊。」

這人手長腳長，拿的黑色公事包雖然很大，提在手上卻像一塊不起眼的小黑板。

「以他的名字來說，當業務員倒是挺不錯，」瘦子說道：「殷秦殷勤，唸起來給人家做事懇切、周到的感覺。」

鏡頭一路跟拍，來到辦公室門口，李管家照例通報。

「殷先生來了。」

高教授招手請訪客進來，這個動作也等於向前一位訪客下了逐客令。巫紀綱收起桌上的設計圖，放入金色公事包，隨即站起來。他往門口走了幾步，又突然轉身。

「高教授，我還是覺得您的房子只捐不賣，是個錯誤的決定。」

巫紀綱走出辦公室，鏡頭在後面緊追不捨，一路跟到休息室門口，這時彭主編已換回高跟鞋，拿起公事包，正準備要離開。她前腳一走，巫紀綱後腳立刻進入房間，一屁股往椅子坐下來。

「巫大師，高教授的房子要捐出去嗎？」葛瑞民的聲音響起。

「沒錯，」巫紀綱看著鏡頭回答：「搞不懂他在想什麼。這棟房子隨便賣也有一千多萬，居然要免費捐贈。」

「你知道要捐給誰嗎？」

「去問剛進來的那個人吧。我可不是房仲業者。」

「請你談一談高教授未來的新家，是走什麼樣的設計風格。」

巫紀綱露出莫測高深的表情。

「外觀走極簡主義的風格，」他說道：「重點是在內部格局，但這部分我就不能多說了。」

他用指關節頂了一下黃色太陽鏡片。

「但我很樂意談談我的發明，」他的口氣激昂了起來，「你已經看過我的手杖可以變成測量杖。別看我這個公事包不大，它其實內藏輪子，可以充當搖控車使用……」

一旦論及他的發明，巫紀綱就滔滔不絕、口若懸河。胖子打了個呵欠。

「這傢伙真喜歡自吹自擂。」

鏡頭宛若惟恐避之不及地轉開來，接著進入走廊，停格在盡頭的螺旋樓梯。三秒鐘過後，所有影像猶如被吸入黑暗之中。再開機時，畫面上先出現樓梯，然後轉向走廊，其間掃過了漆黑的靜坐室和點著日光燈的休息室，此刻巫紀綱已不見人影。最後來到大門口，鏡頭緩緩前移，正門越來越近，突然有隻手入鏡把門打開，鏡頭穿過大門到了大放光明的戶外空間。

彷彿被一股無形的力量牽引住，鏡頭慢慢迴轉一百八十度，最後停在高教授家的大門口，李管家站在那裡，臉上帶著微笑。

「阿姨，再見。」葛瑞民的聲音響起。

李管家揮手回應。這時候大門又打開來，殷秦步出門外，李管家轉身說話，然後略微彎腰行禮。

「送客了。」胖子說道。

「這位大叔的公事包也不小，裡頭到底裝了什麼東西啊？」瘦子像在自言自語。

畫面突然變黑，等了約莫三十秒，還是沒有影像。

「就這樣沒了。」

「沒了。」

「訪客全走了。」

「全走了。」

「攝影師也走了。」

「也走了。」

胖瘦二人組又唱起雙簧。

「最後只剩下你了。」

「只剩下你了。」

「只剩下你這名嫌犯。」

「剩下你這名嫌犯。」

「所以偷畫的人就是你。」

「就是你……啊！」瘦子像是大夢初醒。「你這是哪門子神探？沈揚怎麼可能是偷畫賊？」

「屋內只剩三個人，扣掉高教授和管家，外賊只有可能是沈揚。」

「你這是什麼消去法。他身上又沒公事包，那麼大一幅畫，他要藏在哪裡？」

雙簧二人組起了內鬨。

「呃，」胖子有點結巴，「也許他有縮小燈，把畫縮小藏在口袋裡。或是用某種障眼法，把畫藏在某個地方。」

「什麼歪理，連縮小燈這種不存在的東西都掰出來了。」

「同學，」沈揚趕緊打岔，「先把時間表列出來再吵也不遲。」

9

根據影片的時間碼，胖子列出下面的時間表：

4：10，沈揚和葛瑞民抵達高家，開機。

4：15，葛瑞民採訪高教授。

4：20，彭紹宜抵達高家。

4：40，巫紀綱抵達高家。從影片中無意間拍到的畫面來看，此時三幅畫仍掛在靜坐室牆上。

4：55，般秦抵達高家。彭紹宜離去。

5：10，葛瑞民離去，般秦隨後離去，關機。

5：20，李管家發現有幅彩畫失竊。

「看吧，待到最後的人就是沈揚，他的嫌疑最大。」胖子堅持己見。

「畫若是他偷的，警方決不會放他走，更不會要他協助辦案。」瘦子提出辯解。

「這叫做欲擒故縱。」

「這叫做是非不分。」

「沈揚，你怎麼說？」

沈揚聳聳肩。

「換個嫌犯來討論看看。」他提議道。

「好主意，山不轉路轉，路不轉人轉，」胖子說道：「會不會是葛瑞民幹的？」

「有可能哦，」瘦子說道：「關掉攝影機時，他的行蹤成謎。」

「關機三次，隨便哪一次都可以下手行竊。」

「關機時，他可能待在休息室或某個地方測試機器。」沈揚說道。

「你怎麼知道？」

「他拿到那台攝影機沒多久，對性能還不熟，應該會趁空檔玩一下。」沈揚停頓片刻。「重點是，他離開高家時，身上只揹著那台攝影機，若有其他物件，李管家一定會覺得奇怪。」

「沒錯，」瘦子插嘴道：「要帶走一幅畫，一定得放進公事包之類的。」

「照你這麼說，三位來訪洽公的人當中，有一個是小偷。」

「我發現他們的公事包大小不一哦。」

「根據警方的說法，」沈揚解釋說：「失竊的那幅畫面積最小，他們三人的公事包都能裝得下，巫紀綱的公事包雖然最小，卻剛好可以把整幅畫放進去。」

「犯案的時間點呢？」

「應該介於四點四十至五點十分之間。」

現場陷入沉默。

「不在場證明呢？」

「每個人都有落單的時候，所以也都有下手的機會。」沈揚說道：「根據管家的證詞，所有訪客——包括我和葛瑞民在內——都是由她開門迎接，也是由她關門送客，大家都是怎麼來怎麼去，並沒有多出額外的東西。」

「她沒檢查每一個人的公事包？」

「當時還沒發現畫被偷了一幅，哪知道要搜身。」

胖子閉目沉思，突然眼睛睜圓，打了個響指。

「我知道了！偷畫賊是殷秦，他手長腳長，要把畫從牆上拿下來，對他來說輕而易舉。況且一個房仲業務員，幹嘛帶一個那麼大的公事包去別人家，分明是居心不良。」

「要說帶公事包是居心不良，那麼彭紹宜也是不懷好意。她雖然身材嬌小，如果把厚厚的紙稿疊起來，穿了高跟鞋站上去，一樣可以把畫拿下來。」瘦子反駁道。

「其實我覺得巫紀綱也很有問題，幹嘛提一個金色公事包，炫富啊？他態度這麼囂張，若說他不爽高教授要捐贈房子，所以故意搞破壞偷了他的畫，我一點也不覺得奇怪。」

「我還是投彭紹宜一票。」

「我——」胖子瞥了沈揚一眼，「覺得他們三人是共犯。」

「你——」瘦子氣到傻眼，「不知道誰是竊賊，乾脆打翻一船子的人。」

「沈揚，他們三人常去高教授家走動嗎？」胖子轉移話題。

「根據管家的說法，由於業務往來的關係，他們各自去過幾次，今天還是頭一回幾乎同時到訪。」

「他們知道畫掛在哪裡嗎？」

「很難說，」沈揚搖搖頭，「高家從不透露畫掛在靜坐室裡面，而且靜坐室很少開燈，訪客即使穿過走廊、經過靜坐室，恐怕也不知道內藏玄機。」

胖子發呆一會兒，突然猛扯自己的頭髮，放聲大叫。

「我不知道啦，真是無聊，玩什麼破案遊戲，當名偵探一點也不有趣。」

他打開遊戲機的電源，拿起護目鏡正要戴上，卻突然改變方向往沈揚腦袋套下去。

「來打電動吧，我這套設備不敢說全國第一，但至少是本鎮第一……」

沈揚被胖子一拉一推，坐倒在D-BOX搖動椅上，頓時像是掉入另一個世界。眼前除了色彩繽紛的方形畫面外，其他地方全都漆黑一片，猶如蒙上一層黑幕。剎那間，他腦袋裡有塊區域好像被接通了電源，千頭萬緒在腦海裡亂竄，對銀幕上美少女與殭屍的廝殺畫面視若無睹。

「費文翔，你認識高教授嗎？」沈揚摘下護目鏡問道。

「他是歐吉桑，我是青春少年兄，兩人分處不同的世界，怎麼可能認識？」

「你見過高教授本人嗎？」

「不曾近距離看過，」胖子歪著頭想了一下，「有一次我站在二樓窗口，看見他們家的箱型車直接開到大門口把他接走。車子轉出巷口時，他還從後車窗瞪著我。」

「人家哪在瞪你啊，」瘦子說道：「他只是湊巧看著窗外吧。」

只見沈揚聽到胖子的話後，突然站了起來，掏出手機。

「你要幹嘛？」

「打電話給警察。」

「你知道誰是竊賊？」胖子不敢置信地問。

沈揚點點頭。

「有足夠的線索讓你釐清真相？」瘦子以近乎崇拜的口氣說。

「我不曉得那幾幅畫為何可以讓高教授靜坐沉思，」沈揚說道：「但我知道是誰偷了其中一幅畫。」

給讀者的推理大挑戰

就像用鏡頭寫日記一樣，只要智慧型手機在手，任何人在任何地方都可以自拍，留下到此一遊的紀錄。在某些故事中的角色會因為意外拍到不該看到的畫面，從此惹禍上身，因而捲入一場意想不到的陰謀。

不過，這裡要講的並非「無辜者面臨大危機」的故事；拍下影片的人不是沈揚本人，但主角能夠藉由這些影片抽絲剝繭、查明真相。現在，所有的線索全都呈現在你們面前了，解謎關鍵還是那句老話——真相就藏在細節裡。請注意影片中登場人物的動作與對白，務必用上你的聯想力和推理能力喔。

對了，若能順利找出真相，要不要小小慶祝一下？比方說，秀出本書封面來張自拍如何？

10

講完電話的沈揚，想要離開卻走不出房門一步，因為胖瘦二人組堵在門口。

「把事情解釋清楚，否則別想離開。」

沈揚看了手錶一眼，晚上七點五分。

「我趕時間。明天再說行不行？」

「不行，」胖子的口氣堅決不容反駁，「現在就給我講清楚。」

沈揚嘆了口氣。

「等一下可以請你家的司機送我回去嗎？」

「一言為定。」

「請先幫我準備好，」沈揚指著電話說道：「我說完就走。」

胖子拿起電話，交代備車事宜。

「現在就請名偵探沈揚為我們揭開謎底吧。」胖子的語氣充滿期待。

「這個案子有兩個重點：第一，竊賊如何得知靜坐室裡面有畫；第二，竊賊如何不驚動警報器把畫偷走。」

「你這不是廢話嘛。」

「走過靜坐室的時候，多少會往裡面瞄一眼，但是只會看到一團漆黑，除非——」

「除非你是貓頭鷹，或是有一對貓眼。」胖子搶著接話。

沈揚拿起護目鏡，舉到胖子眼前。

「這是幹嘛？」

「你的護目鏡阻隔了大部分的亮光，讓你的視線集中在眼前的銀幕上。」

「那又如何？」

「有一種鏡片可以讓你在黑暗中看見東西。」

「夜視鏡！」瘦子叫道。

「沒錯，」沈揚對著瘦子點頭示意，「竊賊應該是戴了有夜視鏡功能的鏡片，因而發現畫的存在。」

「夜視鏡，」胖子抓著後腦勺沉吟道：「所以是……」

「如何不驚動警報器把畫偷走，」沈揚沒給他時間思考，繼續往下說：「這就要考慮到高教授的生活作息。」

「蛤？」

「高教授進入靜坐室沒事，別人走進去警報器就會響，這是為什麼？」

「我哪知道。」

「看了剛才的影片，你們有沒有覺得哪裡怪怪的？」

胖瘦二人組四目相視，心裡一點主意也沒有。

「現在是怎樣？為何突然換了話題？」

「哪裡怪怪的？有哪裡怪怪的嗎？」

「你們沒發現高教授從頭到尾都沒離開過座位？」

「咦，好像是耶。」

「意思是說……」

「難不成他跟小胖一樣噸位驚人，所以懶得起身走動？」

「去你的，」胖子罵道：「就跟你說我不胖，只是骨架大而已，你聽不懂是不是？」

沈揚不給這兩個人抬槓拌嘴的機會，他接著說：「想想看，不管是主編、設計師，或是房仲業者，他們都是親自上門商談業務，而高教授總是坐在辦公室見客。費文翔，你看過高教授出門時，車子是直接開到大門接走他吧？一切跡象顯示——」沈揚指著胖子，像在點名要他回答，卻只等了一秒鐘便宣布答案。

「他可能半身不遂而坐著輪椅。」

「這……這是……」

「這是合理的推測，」沈揚繼續往下說：「還記得我提過靜坐室門口的地上有兩處相隔約六十公分的凹陷吧？輪椅的兩輪間距，差不多就是六十公分。輪椅在同個位置進進出出，日積月累下來，便會形成壓痕。由此可以推測，靜坐室門口應該有兩條延伸到室內的平行隱形線路，只要同時施壓，警報器就不會響。」

「你是說，地上暗藏管線？」胖子問道：「坐輪椅進去時，因為兩個輪子各壓著一條管線，所以警報器不會啟動？」

「照你這麼說，不知情的人走進去，由於無法同時踩到那兩道機關，警報器就會叫？」瘦子問道。

「可是除了高教授之外，」胖子說道：「其他人都沒坐輪椅啊。」

「有一個人，不必坐輪椅也辦得到，」儘管時間急迫，沈揚還是刻意停了一下，「這個人就是巫紀綱。」

「為什麼是巫紀綱？」瘦子問道：「如果是手長腳長的殷秦踩了高蹺，那我還可以理解。」

「因為他戴的黃色鏡片有夜視功能，」沈揚直接講答案，「再者，他的手杖和公事包都內建滑輪，只要算好位置，就可以像輪椅一樣同時在管線上面施壓。」

「原來如此，」瘦子幸災樂禍地說：「自鳴得意的發明家，被咱們的大偵探抓包了。」

「換個角度來驗證，」沈揚一邊說明，一邊把手機收進背包，「如果竊賊是彭紹宜或殷秦，為何不偷離門口較近的那兩幅畫？除了尺寸不同，其實偷哪幅畫還不是一樣？他們倆的公事包都夠大，要裝下前兩幅畫絕對不成問題。反觀巫紀綱的公事包最小，所以才捨近求遠，去偷離門口最遠、而且面積最小的那幅畫。」

「對喔，從這個角度來想，答案就很簡單了。」瘦子懊惱地說。

「現在才說簡單已經來不及了，傻瓜。」胖子往瘦子頭上一掌拍下去。

「你還不是一樣後知後覺，笨蛋。」瘦子也不甘示弱地回嘴。

趁他們倆吵得不可開交時，沈揚悄悄開了房門走出去。

七點二十分。從豪華轎車的窗戶看出去，路上的車流不算擁擠。路燈已經點亮。如果在T市，現在正是下班的尖峰時刻，路人行色匆匆與車水馬龍是必然上演的景象。沈揚並不懷念以前的都市生活，但他也不覺得在鄉下過日子能得到心靈上的滿足。不管在哪裡，只要是有人的地方，貪婪和私慾依然存在。

有光明就有黑影，有人性就有慾望。

來到青田鎮兩週，他已經碰上三起盜竊案。

拿走別人的東西，就能換取幸福嗎？

偷竊高教授收藏的畫能幹嘛？拿去賣？有人會買背負著自殺詛咒的畫？

坐在黑暗中沉思，觀看繪製著幾何圖形的畫，這麼做有何用意？

躲在靜坐室看畫，與關在房間打電動，兩者之間有什麼差別？

究竟是誰在逃避現實？

搬到這個小鎮來，算是在逃避現實嗎？

那自己呢？他也在逃避什麼嗎？

他不曉得答案。每個問題都是無解。

「鈴——鈴——」手機響了，是老媽打來的。

「我快到家了，」他趕緊回話，「嗯，有事耽擱了。」

轎車停在紅綠燈前面，有個二十幾歲的大哥哥捧著一束花穿越斑馬線。

「好的，待會兒再說，掰。」

他正要掛斷電話，突然脫口而出。

「媽，」他遲疑了一下，「我來不及去買禮物……」

他看著窗外，那位大哥哥臉上充滿了幸福的光采。

「嗯，待會兒見。」

交通號誌變成綠燈。轎車慢慢啟動前行。

「真的沒關係嗎？」

講話的是費文翔家那位白髮老翁，原來他還得兼任司機。

「對不起，你說什麼？」

「今天是令堂生日，我沒猜錯吧？」老翁從照後鏡看他。「空手回去好嗎？」

「我一直想不到要送什麼禮物，」沈揚一臉煩惱，「我媽說，沒有禮物

也沒關係，有這個心意就好了。」

「她當然會這麼說。不過……只要有小小的表示就行了，令堂一定會很開心。」

「小小的表示……」沈揚輕聲複述，「老伯，你知道這附近有花店嗎？」

「你這小孩真機靈，馬上想到可以送花。」老翁很感傷地說：「我那個寶貝孫子只會打電動，對老人家一點也不體貼。」

「你……您是費文翔的爺爺？」

沈揚頗感意外，他還以為這位白髮老翁是管家。

「有機會幫我說說他，打架哪有可能穿那麼少衣服，尤其是女孩子，」老翁說：「遊戲機裡面的戰鬥是假的，外面世界的競爭才是真的。」

還沒等沈揚回話，他話鋒一轉，帶著愉悅的聲音說：「現在離宵禁時間還早，這附近有家花店，我想應該還沒打烊。」

老翁突然變得像二、三十歲的年輕人般生氣勃勃。

「放心，一定來得及，包準你十分鐘後到家。」

他猛踩油門，一頭白髮飄揚了起來，車子隨即來個急轉彎，呼嘯而去。

昏暗的密室中，兩名男子正在交談。其中一人坐在旋轉椅上，雙腳伸長翹在電腦桌上，另一人坐在桌沿。室內唯一的光源來自桌上的檯燈。

「這小子果然聰明，順利通過考驗。」椅子上的男子聲音低沉。

「你打算怎麼辦？把他放到天使名單？還是列入魔鬼名單？」坐在桌上的男人聲音輕柔。

低沉男把腳放回到地上，上半身往前傾，下半身就著旋轉椅向前滑動。他伸手抓起桌上一團紅包巾，把布掀開來，露出裡面的塑膠玩偶。那是個天真無邪的小嬰兒，它睜大了眼睛，彷彿對這個世界充滿好奇心。低沉男用兩指輕觸它的眼皮，往下一撥，迫使它閉上雙眼。

「根據我的觀察，這傢伙不太聽話，要搞定他並不容易。」輕柔男說道。

低沉男收回兩根指頭，嬰兒玩偶再度睜開眼睛。

「也許他可以是一步活棋……」低沉男說道。

「這樣做會不會太冒險？」輕柔男說：「放任他這樣查下去，說不定將來會壞了我們的大事……」

「你在擔心什麼？」

「讓他看了那兩幅畫，萬一他……」

「你擔心他會看出什麼苗頭？那正好。我倒是很想借用一下他的智慧。」

「就怕他反咬你一口。」

「所以我們手上要有王牌。」

「什麼王牌？」

「即便刀槍不入，也一定有弱點……」

此時，門鈴響了。先是兩個短聲，再來是一長聲，最後又是兩個短聲。

「終於來了。」

輕柔男走出小房間到外面的辦公室。他開了門，進來的是葛瑞民。

「你遲到了。」

「對不起，趙組長，」葛瑞民的口氣有點心虛，「臨時被私事給絆住了。」

「拍到了嗎？」

葛瑞民從背包裡拿出幾張照片遞給趙組長。

「確定沒弄錯人？」

「在大賣場工作的阿姨，沒錯吧？」葛瑞民向前一步，指著照片。「你看她胸前的名牌——『楊慕秀』，你要我拍的就是這個女的。」

趙組長點點頭，露出滿意的表情。

「沒問題，拍得很清楚。」

「為什麼要偷拍這個女人？」

「別問東問西，」趙組長一臉嚴肅，「有機會再告訴你。」

得不到答案，葛瑞民悻悻然地離開。趙德柱走回內室，把照片放到桌上。

「這就是你所謂的弱點？」

「母親和子女之間，有絕對無法割捨的牽絆。」

低沉男起身離座，轉身按下牆上的開關，室內立刻大放光明。

「掌握了母親，兒子再厲害也跑不了多遠。」

「小隊長，」趙德柱說：「你叫巫紀綱去偷畫，還利用這個機會測試沈揚的能耐，現在你打算怎麼處置巫紀綱？」

「既然已經畫完設計圖，就沒有留他的必要。」

「他本來也是活棋，不是嗎？」

「活棋被下成死棋，就沒有利用價值了。」

宋銘凱打開櫥櫃，裡面擺了兩本巨型相片簿。他拿出左邊那本粉紅色封面的相簿。

「喔，你選了魔鬼名單。」

宋銘凱打開相簿，翻到其中一頁，把楊慕秀的照片插入某個欄位。

「咦，這位不是本校的老師嗎？」

趙德柱手指落至旁邊的欄位，那是杜夢卿的照片。

「純屬巧合。希望你別以為我對女人有偏見。」

他微微一笑，闔上相片簿。

國家圖書館出版品預行編目資料

尋找被詛咒的彩畫（青田鎮推理故事.第一輯）/ 翁裕庭著.
-- 初版. -- 臺北市：商周，城邦文化出版：家庭傳媒城邦分
公司發行，2017.05

面；　公分

ISBN 978-986-477-212-4（平裝）

859.6　　106003600

尋找被詛咒的彩畫

（青田鎮推理故事・第一輯）

作　　者／翁裕庭（黃羅）
責任編輯／程鳳儀

版　　權／翁靜如、林心紅
行銷業務／林秀津、王瑜
總 經 理／彭之琬
發 行 人／何飛鵬
法律顧問／台英國際商務法律事務所　羅明通律師
出　　版／商周出版
城邦文化事業股份有限公司
台北市中山區民生東路二段141號9樓
電話：(02) 2500-7008　傳真：(02) 2500-7759
E-mail：bwp.service@cite.com.tw
發　　行／英屬蓋曼群島商家庭傳媒股份有限公司城邦分公司
台北市中山區民生東路二段141號2樓
書虫客服專線：(02)2500-7718；(02)2500-7719
24小時傳真專線：(02)2500-1990；(02)2500-1991
服務時間：週一至週五上午09:30-12:00；下午13:30-17:00
郵撥帳號：19863813　戶名：書虫股份有限公司
讀者服務信箱E-mail：service@readingclub.com.tw
城邦讀書花園www.cite.com.tw
香港發行所／城邦（香港）出版集團有限公司
香港灣仔駱克道193號東超商業中心1樓　E-mail：hkcite@biznetvigator.com
電話：(852) 25086231　傳真：(852) 25789337
馬新發行所／城邦（馬新）出版集團【Cite (M) Sdn. Bhd】
41, Jalan Radin Anum, Bandar Baru Sri Petaling,
57000 Kuala Lumpur, Malaysia.
電話：(603) 90578822　傳真：(603) 90576622
E-mail：cite@cite.com.my

封面設計／徐璽工作室
插　　畫／王彩蘋
電腦排版／唯翔工作室
印　　刷／韋懋印刷事業有限公司
經 銷 商／聯合發行股份有限公司　電話：(02) 2917-8022　傳真：(02) 2911-0053
地址：新北市新店區寶橋路235巷6弄6號2樓

城邦讀書花園
www.cite.com.tw

■2017年5月4日初版1刷

Printed in Taiwan

定價／280元

　ISBN 978-986-477-212-4

商周出版

廣	告	回	函
北區郵政管理登記證			
北臺字第10158號			
郵資已付，免貼郵票			

10480 台北市民生東路二段141號9樓

英屬蓋曼群島商家庭傳媒股份有限公司城邦分公司　收

請沿虛線對摺，謝謝！

商周出版

書號：BCL713　　書名：尋找被詛咒的彩畫(青田鎮推理故事・第一輯)

商周出版

讀者回函卡

感謝您購買我們出版的書籍！請費心填寫此回函卡，我們將不定期寄上城邦集團最新的出版訊息。

不定期好禮相贈！
立即加入：商周出版
Facebook 粉絲團

姓名：＿＿＿＿＿＿＿＿＿＿ 性別：□男 □女

生日：西元＿＿＿＿年＿＿＿＿月＿＿＿＿日

地址：＿＿＿＿＿＿＿＿＿＿

聯絡電話：＿＿＿＿＿＿＿＿ 傳真：＿＿＿＿＿＿＿＿

E-mail：

學歷：□ 1. 小學 □ 2. 國中 □ 3. 高中 □ 4. 大學 □ 5. 研究所以上

職業：□ 1. 學生 □ 2. 軍公教 □ 3. 服務 □ 4. 金融 □ 5. 製造 □ 6. 資訊
□ 7. 傳播 □ 8. 自由業 □ 9. 農漁牧 □ 10. 家管 □ 11. 退休
□ 12. 其他＿＿＿＿＿＿＿＿

您從何種方式得知本書消息？

□ 1. 書店 □ 2. 網路 □ 3. 報紙 □ 4. 雜誌 □ 5. 廣播 □ 6. 電視
□ 7. 親友推薦 □ 8. 其他＿＿＿＿＿＿＿＿

您通常以何種方式購書？

□ 1. 書店 □ 2. 網路 □ 3. 傳真訂購 □ 4. 郵局劃撥 □ 5. 其他＿＿＿＿

您喜歡閱讀那些類別的書籍？

□ 1. 財經商業 □ 2. 自然科學 □ 3. 歷史 □ 4. 法律 □ 5. 文學
□ 6. 休閒旅遊 □ 7. 小說 □ 8. 人物傳記 □ 9. 生活、勵志 □ 10. 其他

對我們的建議：＿＿＿＿＿＿＿＿＿＿

＿＿＿＿＿＿＿＿＿＿

＿＿＿＿＿＿＿＿＿＿

請於此處用膠水黏貼